喚醒你的英文語感 !

Get a Feel for English !

玩轉字首字根
理科英文單字
這樣記好簡單！

cid, cis = 切

以理科重要字根X通用字首為基礎展開全腦鍛鍊

左腦:單字拆解聯想字義　　點憶記化強像圖由:腦右

跨域整合學單字，一般/專業字全搞定！

推薦序

在此向大家推薦《玩轉字首字根：理科英文單字這樣記好簡單！》這本好書，它能有效幫助大家學習各領域英文單字，**尤其是某些平時生活不常用到，卻在專業領域不可或缺的、非常艱澀的英文字彙**。這些單字往往又臭又長，不好記又不好發音，但是對某些專業人士而言又不得不學，甚至必須相當熟練，那麼該如何克服這個難題呢？

沒錯！就是「**字首字根拆解英文單字記憶法**」。其實這個方法許多人都知道，很多想出國留學的學生為了短時間內大量記憶單字，或希望在遇到生字時能猜中生字的大概意義，以便通過留學考進入理想的國外大學進修，都會利用這個方法。可以說：「**字首字根拆解英文單字記憶法」是非常科學、便捷，且獲得英文教學、語言學專業人士所認同的有效方法**。

在此以 nostalgia（思鄉病）一字為例稍加說明→參照字根 5。或許你會覺得沒必要認識此字，因為一般人日常生活中只需要會說 homesickness 即可溝通，但是對於想進入如文學、社會學、心理學、人類學等專業領域的人來說，nostalgia 卻是幫助他們跨過專業門檻的重要單字，和 homesickness 這樣的生活英文比起來，nostalgia 是專業人士才認識的字，此字在文學、心理學中又被理解為「懷舊」，甚至發展出「懷舊理論」！

其次，由於 algia 在希臘文中是「疼痛」之意，於是在醫學專業中，它又衍生出許多疾病名稱，如 cardialgia（心臟痛、胃痛）、odontalgia 或 dentalgia（牙痛）、arthralgia（關節痛）……等只有專業人士才懂的字 *。一般人的英文再好，終其一生恐怕只需要說 heartache、stomachache、toothache 與 joint pain 而已。

於是，我們便能理解為何在托福、GRE 等留學考試中，nostalgia 變成必學的重要單字了，畢竟想出國進修、成為某個領域的專業人士，不能和一般人一樣只認識 homesickness、heartache、stomachache 或 toothache 而已。換言之，**是否熟悉專業英文單字是判斷專業程度的重要依據，我們必須先認識這些高端英文單字，才能進一步獲得專業知識**。

藉由上例我想說明的是「字首字根拆解英文單字記憶法」對於在有限時間內學習專業／高端英文單字，確實是有效、便捷的方法。不過我仍要強調這個學習法事實上適用於幾乎各領域所有英文單字。如果沒有時間壓力，學子們可以有計畫地逐步吸收字源相關知識，漸漸地，你會發現突然有能力「看懂」過去未曾見過的單字，而過去國、高中時期所背過的單字也都得到合理的解釋且記得更牢。最後，你會發現自己不太需要像過去那樣死背單字了，因為連我前面所舉的 homesickness、heartache、stomachache 與 toothache 等生活英文單字也全都適用「字首字根拆解英文單字記憶法」。

homesickness
= home〔家〕+ sick〔病〕+ ness〔名詞尾〕

heartache = heart〔心〕+ ache〔痛〕

stomachache = stomach〔胃〕+ ache〔痛〕

toothache = tooth〔齒〕+ ache〔痛〕

本書有個特點是其他同類書籍所沒有的：每組字首字根中都附有圖像輔助學習，這是同時運用左腦（文字、數字）、右腦（圖像）的全腦學習！這對習慣看圖表資料的某些領域學習者而言，會

是效率較高的學習方式。此外，每個單字下都有例句與中文翻譯示範其實際用法，這讓背單字像騎單車時遇上順風勢，不太費力即可達標。有句俗話說「給你魚吃，不如教你釣魚。」此書便是教你釣魚的方法，它以理工、醫學領域專業英文單字作示範，傳授字首字根拆解英文單字的記憶法，並輔以有趣、貼切的圖像，提高背單字的效率及測驗時識字的命中率，幫助學習者成功跨越門檻，進入專業知識的殿堂。

馬芸

---

* 根據 Wikitionary，約有 85 個 algia 結尾，表示「……痛」的英文單字。

用字源記憶的理科英文單字權威版！

英文也有的邊與旁

就如日文漢字由「邊」與「旁」（註：中文字亦同，例如人字邊、豎心旁）等構成一樣，英文單字也是由「字首」、「字根」、「字尾」等部分所組成。所謂字首，是指在單字最開頭處，用來表示方向、位置關係、時間關係、否定、強調等意義的部分；字根是在單字中間構成其核心意義的部分；字尾則是附在單字最後，可為單字加上詞性的功能及意義。例如，我們可在 able〔能夠、有能力的〕這個字根的前後加上各種字首或字尾，藉此增加自己的詞彙量。

un**able**〔不能的〕　　en**able**〔使能夠〕
dis**able**〔使不能〕　　**abil**ity〔能力〕
in**abil**ity〔無能〕

只要知道字首的 un / dis / in 等代表「否定」、en 代表「動詞化」、字尾的 ity 代表「名詞化」，就能夠一口氣記住 5 個單字。近年來，基於字源的英文單字學習法之所以備受矚目，原因就在於此。但不得不承認的是，單純的單字列表即使記了也很快就會忘掉，而且也很難持續學習。那麼，什麼樣的學習法才能夠記得更牢呢？那就是我所提倡的「結合了插圖與字源的學習法」，亦即一邊以左腦理解單字根源，一邊用插圖將之烙印於右腦的學習法。

將外來語單字圖像化

無論日文或中文都有很多來自英文的外來語，在日常生活中，

人們往往都毫無意識地、很自然地使用著這些詞彙。本書便是從這些外來語中，選出常用的字根（構成單字核心意義的部分），並添加能讓人想像其意義的插畫，藉此提高記憶的牢固程度。

例如，「蒲公英」的英文是 dandelion，若只是利用這個外來語的音標 [ˋdændɪˌlaɪən] 硬背下來而之後未再接觸此單字，恐怕時間一久就會忘得一乾二淨。但我們可以對 dandelion 進行語源上的分解，分解為《dan(t) / den(t)〔齒〕+ de〔～的〕+ lion〔獅子〕》，讓左腦理解「蒲公英的葉子」很像「獅子的牙齒」，並進一步將之圖像化，以視覺訴諸右腦，藉此讓人記憶得更深、更牢、更長久。

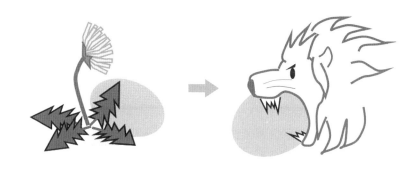

以聯想的方式背英文單字

接著再以聯想的方式，針對在希臘文及拉丁文中具有「齒」之意的字根 dent 和 dont，將包含這些字根的英文單字也都背起來。
→ 參照字根 38

dentifrice〔牙膏〕

indented〔鋸齒狀的〕

dentistry〔牙科〕

dentist〔牙醫〕

denture〔假牙〕

periodontics〔牙周病學〕

orthodontics〔牙齒矯正術〕

rodent〔齧齒類動物〕

推理出未知單字的意義

　　就像這樣，替單字的字根〔dent, dont〕加上字首及字尾，就能讓自己的詞彙量大幅成長。專為學習理科的英文單字而設計，可說是本書的最大特色。畢竟所謂理科特有的英文單字，幾乎 100% 來自古希臘文或拉丁文，因此依據字源來學習英文單字時，效果最好的正是理科的英文單字。

　　本書精選 175 個字根，不僅能讓您的詞彙量有爆炸性的增長，還能讓您藉由這些字根與字首、字尾的搭配組合，輕鬆推理出未知單字的意義。例如，動用本書介紹的所有字首及字根，就能推理出 adrenoleukodystrophy 這個非常艱澀的單字的意思。此單字可拆解如下：

---

ad〔往～的方向〕＋ **reno**〔腎臟〕＋ **leuko**〔白色的〕＋ **dys**〔不良〕＋ **trophy**〔營養狀況〕

　　由〔發生在「接近腎臟處」＝「腎上腺」的白色的營養狀態不良現象〕便可推得「腎上腺腦白質失養症」這一病名。會導致肌肉萎縮的疾病在日文中叫「筋ジストロフィー」（註：日文的「筋」是指「肌肉」），其中的 ジストロフィー (dystrophy) 就是指「營養

障礙」或「萎縮症」。而為神經傳導物質之一、興奮時會從腎上腺大量釋放至血液中的激素「腎上腺素 (adrenaline)」是由《ad〔接近〕＋ renal〔腎臟的〕＋ ine〔物質〕》構成。

如何有效利用本書

　　成功拆解 adrenoleukodystrophy 後，接著便可分別針對由各個字根構成的單字群，進行集中式的背誦、記憶。例如以表示「腎臟」之意的 ren(o) 來說，相關單字包括以下這些：

renal（腎臟的）
renin（腎素＝從腎臟分泌至血液的蛋白水解　）
renogram（腎臟攝影＝將顯影劑注射至靜脈以觀察腎臟功能
　　　　　的靜脈注射腎盂攝影檢查法）
adrenal（腎上腺的）
adrenergic（腎上腺素的）
adrenocortical（腎上腺皮質的）

同樣地，以 leuko〔白色的〕來說，也有如下的相關單字可記：

leukocyte（白血球）
leukocytosis（白血球增多症）
leukemia（白血病）
luciferase（螢光素　）
leukoderma（白斑病）
leukopenia（白血球減少症）

然後剩下的 dystrophy 還可將字首的 dys 換成 a（無）、eu（好的）、hyper（過度的）、hypo（低下的），將以下單字也都記起來：

atrophy（萎縮、萎縮症）

eutrophy（富營養、營養良好）

hypertrophy（心臟肥大、過度發達）

hypotrophy（營養不良、發育障礙、退化）

neurotrophy（神經營養）

　　本書也有將以上標了底線的字根及字首、字尾做為單字列出，在閱讀時若對任何一者感到好奇、有興趣，亦可直接翻至其頁面，以進一步理解其意義。

　　就像這樣，藉由記住字首及字根、字尾，並做各種排列組合，您便能將自己的詞彙量增加到難以置信的程度。本書精挑細選了 175 個字根、37 個字首、13 個表示數字的字首，還納入了用於字尾具意義的字根。將這些搭配組合起來，就能推理出近乎無限多英文單字的意義。

　　此外，在本書的「字源筆記」中多次提到的「原始印歐語」，是指「印度及歐洲的原始語言」，做為今日從印度到歐洲所用各語言的共同祖先，是一種建構於理論上的假設語言。

文科人也需要的理科英文單字

　　雖然坊間也有理科專用的英語參考書及專為理科設計的單字書，但本書可說是第一本以字源為主題的此類書籍。本書能讓您以有系統且合理的方式記憶英文單字，對理科人來說，要說是有如《聖經》一般也毫不為過。本書的目標當然是以理工科的大學生和研究生等科學研究人員為主，但適合閱讀本書的並不僅限於這些人。為了讓不擅長理科內容的文科人也能理解，本書下了各種功夫。例如，以下這 10 個詞彙，各位能用英文說出幾個？

1	口腔炎	6	拋物線
2	肝醣	7	胃鏡
3	陰離子	8	小行星
4	有氧運動	9	去碳化
5	方程式	10	液化

正確答案如下：

1	stomatitis	6	parabola
2	glycogen	7	gastroscope
3	anion	8	asteroid
4	aerobics	9	decarbonization
5	equation	10	liquefaction

我想即使是對英文有自信者，也很少有人能答出 5 個以上。雖說都是理科的英文單字，但除了很專業的單字外，也包括許多如上列題目那樣常出現在日常會話中的單字。這就是理科英文單字對文科人而言亦有必要性的理由。

從日常用語中發現意料之外的意義

正如先前所述，本書特色在於結合了字源與圖像，但其實本書還有另一特色，那就是讓文科人也能在活用常識性知識的同時，輕鬆學習單字。讓我舉兩個具代表性的例子來說明。一個是 melanoma。我想很多人都知道這個字是指「黑色素細胞癌」，但對於為何是這個字感到疑惑的人大概不多。在語源上 melanoma 是 由 melan〔黑色的〕＋ oma〔腫瘤〕所構成，因此記得「melanoma」＝「黑色的腫瘤」的人想必都能理解並接受。而除此

之外的其他人，只要在網路等處看到該病症的症狀，肯定也都會覺得「原來如此！」而欣然接受。

若再進一步擴大聯想，腦海中便會浮現以澳洲為中心存在於太平洋上的三個海域之一，「Melanesia（美拉尼西亞）」。這個「Melanesia（美拉尼西亞）」是由希臘文的「黑色的 (melan)」＋「許多島嶼 (nesia)」所組成。這樣就能把「melan ＝黑色的」這一意義牢記在腦中。

接著是美國兩大可樂製造商之一的「Pepsi（百事可樂）」。我想很多人都知道「Coca-Cola（可口可樂）」的名稱是來自於其原料使用了含有古柯鹼 (cocaine) 的古柯葉 (coca leaves) 以及可樂 (cola) 的果實，但 Pepsi（百事可樂）的名稱由來可能大多數人都不知道。其實 Pepsi 這個名稱，來自於胃液中所含的一種負責分解蛋白質的消化酵素，叫「pepsin（胃蛋白酶）」。

就像這樣，本書也可做為一種休閒讀物來使用，不只是理工相關人士，即使是文科人，也能透過本書自然記住日常生活中常用的理科英文單字。衷心希望有更多的讀者能夠注意到本書，並充分活用本書。

最後，本書於出版時，獲得了各個理科領域許多老師們的寶貴意見。尤其在醫學領域有夏威夷大學醫學院老年醫學部的助理教授植村健司老師、在化學領域有早稻田國高中的中田寬老師、在數學領域有春日部女子高中的後藤博之老師、在生物領域有鴻巢女子高中的關戶成美老師等，我要藉此機會向許許多多提供指導的貴人們，表達最誠摯的謝意。

2021 年 4 月　作者　清水建二

目錄

字首

❶ [a] 消除：不～

➡ 與表否定的字首 un 來自同一字源。字根是母音開頭時變化為 an-，r 開頭時則重複 r。

arrhythmia [əˋrɪðmɪə]【名】心率不整
▸ ar 否定 + rhythm 韻律 + ia 症狀

atopy [ˋætəpi]【名】特異體質過敏症
▸ a 否定 + topy = topos 所在 → 不適當且難以捉摸的東西

❷ [ab] 脫離：自～脫離

➡ 自遠古時代（從最初）就定居於澳洲的原住民 (Aborigine) 的字源是《ab 從 ~ + origine 最初、一開始 》。

abnormal [æbˋnɔrml]【形】異常的
▸ ab 脫離 + normal 正常的

　　※**abnormality** [͵æbnɔrˋmælətɪ]【名】異常；變態

abuse [əˋbjuz]【動】濫用；虐待／[əˋbjus]【名】濫用；虐待
▸ ab 脫離 + use 使用 → 脫離正常的使用方式

❸ [ad] 接近：朝某方

➡ 轉接器 (adapter) 是能將無法直接連上的線路承接起來的機器，出自《ad 朝 ~ 方向 + apt 適當的 + or 物品 》。

➡ 字首 ad 會依其後接的字母，變化成 ac、ag、as、at 等。

adapt [əˋdæpt]【動】適應；改編
▸ ad 朝；向 + apt 合適的

adjust [əˋdʒʌst]【動】調整；改變～以適應
▸ ad 朝；向 + just 正確的

accept [əkˋsɛpt]【動】接受
▸ ac 朝；向 + cept 抓住
　　　　　⇒15~17

aggravate [ˋægrə͵vet]【動】加重；加劇；使惡化
▸ ag 朝；向 + grave 重的 + ate 成為

attach [ə`tætʃ]【動】連接；附上
▶ at 朝；向 + tach 接觸

accelerate [æk`sɛlə,ret]【動】加速
▶ ac 朝；向 + cel 快速的 + ate 成為

④ [**ana**] 向上，完全地，再次

➡ 能增加肌肉量的同化類固醇 (anabolic steroid) 是能促使全身都增長出發達肌肉的藥物。

anabiosis [,ænəbaɪ`osɪs]【名】復甦；甦醒
▶ ana 再次 + bio 生命；活 + sis 症狀
　　　　　　⇒10

anabolism [ə`næbḷ,ɪzəm]【名】同化
▶ ana 完全地 + bol 丟；拋 + ism 名詞化
　　　　　　　⇒12

⑤ [**ante**] 前的，之前

➡ 前菜 (antipasto) 會在吃義大利麵前享用。

antenatal [,æntɪ`netḷ]【形】產前的；胎兒的
▶ ante 前的 + nat 出生 + al 形容詞化
　　　　　　　⇒104

anterior [æn`tɪrɪə]【形】前部的；以前的
▶ ante 前的 + ior 比～

⑥ [**anti**] 對抗，反～，非～

➡ antiaging 是「抗老化」的意思。

antibody [`æntɪ,bɑdɪ]【名】抗體；抗毒素
▶ anti 對抗 + body 體

antiseptic [,æntə`sɛptɪk]【名】抗菌劑；防腐劑
▶ anti 對抗 + septic 腐爛

⑦ [**cata**] 下的，反對，完全地

➡ 英文 catacomb 是地下的 (cata) 墓穴 (tomb)。

catabolism [kə`tæbəlɪzəm]【名】異化作用；分解作用
▶ cata 下的 + bol 丟；拋 + ism 名詞化
　　　　　　　⇒12

catastrophe [kə`tæstrəfɪ]【名】地殼變動
▶ cata 之下 + strophe 彎曲

cataleptic [ˌkætə`lɛptɪk]【形】僵硬症的
▶ cata 下的 + lept 抓住 + ic ～的

cataract [`kætəˌrækt]【名】白內障；瀑布
▶ cata 下的 + ract 落下

❽ [**co, con, com**] 共同，一起

➡ 與機長一起在座艙的副機長 (copilot)，其語源是《co 共同 + pilot 駕駛》。

congested [kən`dʒɛstɪd]【形】壅塞的；堵塞的；充血的
▶ con 共同 + gest 運送 + ed 已完成

connect [kə`nɛkt]【動】連結；接續
▶ con 共同 + nect 連接

condense [kən`dɛns]【動】濃縮；液化；凝結
▶ con 共同 + dense 濃密

❾ [**contra, counter**] 相反的，對立的

➡ 閃躲對手的攻擊而反過來攻擊對手就是反擊 (counterpunch)。

counteract [ˌkaʊntə`ækt]【動】抵銷；對抗；中和
▶ counter 相反的 + act 起作用
　　　　　　　⇒2

contrast [`kɑnˌtræst]【名】對比；對照
▶ contra 相反的 + st 站立
　　　　　　　⇒148~149

❿ [**de, di**] 脫離，向下，遠離

➡ 與優點 (merit) 相反的缺點 (demerit) 源自《de 遠離 + merit 優點》。

deforestation [ˌdifɔrəs`teʃən]【名】砍伐森林
▶ de 脫離 + forest 森林 + ation 構成（名詞化）

相關詞 **afforestation** [əˌfɔrəs`teʃən]【名】植林

decelerate [di`sɛləˌret]【動】減速
▶ de 脫離 + cel 快速的 + ate 成為

※**decelerator** [di`sɛləˌretə]【名】減速器
※**deceleration** [diˌsɛlə`reʃən]【名】減速

digest [daɪˋdʒɛst]【動】消化
▶ di 脫離 + gest 運送

⑪ ［**dia**］通過，橫過，穿過

➡ 從首班車到末班車，寫著所有發車時間和時刻表的鐵路運行圖是 diagram，源自《dia 通過 + gram 寫下 》。

diagonal [daɪˋægənl]【形】對角線的；斜的【名】對角線
▶ dia 橫過 + gon 角 + al 形容詞化

diabetes [ˌdaɪəˋbitiz]【名】糖尿病
▶ dia 通過 + betes 流出 → 源自於流出大量尿液的意思。

diarrhea [ˌdaɪəˋriə]【名】痢疾
▶ dia 通過 + rrhea 流出

diagnose [ˋdaɪəgnoz]【動】診斷
▶ dia 通過 + gno 知道

※**diagnosis** [ˌdaɪəgˋnosɪs]【名】診斷結果

⑫ ［**dis, dys**］表否定，分離，不良

➡ discount《dis 不做 ~ + count 計算》是指不計價格、不算進去，也就是所謂「折扣」。

disease [dɪˋziz]【名】疾病
▶ dis 不是 + ease 舒適

discharge [dɪsˋtʃɑrdʒ]【動】排放；釋出；發射【名】排放；釋出；解雇
▶ dis 不要 + charge 累積

dislocate [ˋdɪsləˌket]【動】脫臼；使移動位置
▶ dis 分離 + locus 場所 + ate 成為

dysfunction [dɪsˋfʌŋkʃən]【名】機能不全
▶ dys 不良 + function 功能

⑬ ［**en, in, endo**］在內的，不是

➡ 後面加上形容詞或名詞變化成動詞，是「在～之中」的意思，如 enrich 「使～豐富」和 encourage「鼓勵」。

encode [ɪn`kod]【動】加密;編密碼
▶ en 在內 + code 密碼;符號

endanger [ɪn`dendʒə]【動】使危險
▶ en 在內 + danger 危險 + ed 已完成
⇒37

※**endangered** [ɪn`dendʒəd]【形】瀕危的

install [ɪn`stɔl]【動】安裝
▶ in 在內 + stall 放置

insomnia [ɪn`sɑmnɪə]【名】失眠症
▶ in 不是 + somn 睡眠 + ia 症狀

⑭ [epi] 在～上,在～間

➡ episode 是指戲劇或小說的插話、插曲,或人生中重大的經驗或經歷。epilogue 則是劇中演員在結尾時面向觀眾做的收場白。

epilepsy [`ɛpəlɛpsɪ]【名】癲癇
▶ epi 在上的 + lepsy 瘋癲病 → 捕捉住無形的東西。

epidemic [ˌɛprɪ`dɛmɪk]【形】傳染的;流行的【名】傳染病
▶ epi 在～間 + dem 人們 + ic ～的

⑮ [eu] 良的

euthanasia [ˌjuθə`neʒɪə]【名】安樂死
▶ eu 良的 + thanas 死亡 + ia 狀態

eugenic [ju`dʒɛnɪk]【形】優生學的
▶ eu 良的 + gen 種子;出生 + ic ～的
⇒60~62

⑯ [ex, e, extra, ec] 外部,向外

➡ 標示「逃生口」的 exit 源自於《ex 往外部 + it 前往》。外星生物 = ET (extraterrestrial) 源自《extra 往外部 + terra 地球 + ial 形容詞化》。

experiment [ɪk`spɛrəmənt]【名】實驗【動】做實驗
▶ ex 向外 + peri 嘗試 + ment 做的事情

expand [ɪk`spænd]【動】擴大;展開;膨脹
▶ ex 向外 + pand 擴大

excavate [ˋɛkskəˏvet]【動】發掘；挖出
▶ ex 向外 + cave 洞穴 + ate 成為～

　[相關詞] **cavity** [ˋkævətɪ]【名】蛀牙；腔室

evaporation [ɪˏvæpəˋreʃən]【名】蒸發；發散
▶ e 向外 + vapor 蒸氣 + ation 成為～的（名詞化）

⑰ [hetero] 其他的，不同的

➡ homosexual 是同性戀的，heterosexual 是異性戀的。

heterocyst [ˋhɛtərəˏsɪst]【名】異型囊腫；異型細胞
▶ hetero 不同的 + cyst 囊

heterozygous [ˏhɛtərəˋzaɪgəs]【形】異質體的；雜合的
▶ hetero 不同的 + zyg 接合 + ous 形容詞化

⑱ [home, homeo] 相同的

➡ homeostasis = 體內恆定，是指生物體或礦物內部環境持續保持一定狀態的傾向。

homeotherapy [ˏhomɪəˋθɛrəpɪ]【名】順勢療法；類似療法
▶ homeo 相同的 + therapy 治療

homozygous [ˏhoməˋzaɪgəs]【形】同質接合的
▶ homo 相同的 +zyg 接合 + ous 形容詞化

⑲ [hyper] 上，超過（源自希臘語，相當於拉丁語 super）

hypersonic [ˏhaɪpəˋsɑnɪk]【形】超音速的
▶ hyper 超 + son 聲音 + ic ～的

hyperactivity [ˏhaɪpərækˋtɪvətɪ]【名】過動；活動過度
▶ hyper 超 + active 活躍的 + ity 名詞化

⑳ [hypo] 下，低

➜ 源自希臘文，表示身體「下方」的部位或程度很低的字首。如：舌下的 (hypoglossal)、下腹的 (hypogastric)、低溫的 (hypothermal)、低滲透壓的 (hypotonic)、缺氧症 (hypoxia)。

hypodermic [ˌhaɪpɚˈdɝmɪk]【形】皮下的
▶ hypo 下 + derm 皮膚 + ic ～的
⇒39

hypothesis [haɪˈpɑθəsɪs]【名】假設；假說
▶ hypo 下 + thesis 放置

㉑ [infra] 向下，下方的

➜ 人民的福祉與經濟的基礎是公共建設 (infrastructure)。

infrared [ɪnfrəˈrɛd]【形】紅外線的
▶ infra 向下的 + red 紅色

相關詞 **infrared ray** 紅外線

infrastructure [ˈɪnfrəˌstrʌktʃɚ]【名】基礎建設
▶ infra 下方的 + structure 結構
⇒153

㉒ [inter, intra] 之間，在內的

➜ 網際網路 internet 是 international network 的簡稱。

interfere [ˌɪntɚˈfɪr]【動】干擾；妨礙
▶ inter 之間 + fer 敲打

相關詞 **interferon**【名】干擾素（一種抗癌物質）

interact [ˌɪntɚˈrækt]【動】互動；相互作用；相互影響
▶ inter 之間 + act 做
⇒2
※**interaction**【名】互動；相互作用

㉓ [meta] 變化，之後

➜ 代謝 (metabolism) 是指生物體內物質和能量的變化。

metabolite [mɛˈtæbəˌlaɪt]【名】代謝物
▶ meta 變化 + bol 拋擲 + ite 名詞化
⇒12

metagenesis [ˌmɛtəˈdʒɛnəsɪs]【名】世代交替
▶ meta 變化 + gene 種子；出生 + sis 名詞化
　　⇒ 60~62

㉔ [multi] 多，複

➡ multi-level marketing 是指快速增加銷售員數量來販賣商品的行銷模式，亦即「多層次傳銷」。

multitude [ˈmʌltəˌtjud]【名】許多；一群人
▶ multi 多 + tude 名詞化

multipolar [ˌmʌltəˈpolə]【形】多極的
▶ multi 多 + polar 極的

㉕ [ob] 向，前往，相對

➡ 障礙 (obstruction) 是指面向對方擋住去路的意思。

observe [əbˈzɜv]【動】觀察；遵守
▶ ob 向 + serve 保護
　　⇒ 143

obstacle [ˈɑbstəkl]【名】障礙；妨礙
▶ ob 相對 + sta 站立 + cle 小的
　　⇒ 148~149

㉖ [pan(a)] 泛，全的

➡ 泛美 (panamerican) 航空是飛航全美的美國航空公司。

panacea [ˌpænəˈsɪə]【名】萬靈丹
▶ pana 泛；全 + cea = cure 治癒

pandemic [pænˈdɛmɪk]【形】大規模感染的【名】疫情
▶ pan 泛；全 + dem 人人 + ic ～的

㉗ [para] 側面，旁，副

➡ 滑雪時的併腿 (parallel) 是指滑雪板互相平行的狀態。

parasite [ˈpærəˌsaɪt]【名】寄生蟲
▶ para 側 + site 食物

相關詞 **parasite volcano** 寄生火山

parallel [ˈpærəˌlɛl]【名】平行
▶ para 側 + allel 互相；彼此

㉘ [per] 完全地，過於，貫穿，每

➡ 完美的 (perfect) 是「完全地 (per) 完成了 (fect)」比賽。

peracid [pə`ræsɪd]【名】過酸；高酸
▶ per 過於 + acid 酸
　　　　　　 ⇒1

perennial [pə`rɛnɪəl]【形】多年生的
▶ per 貫穿 + enn 年 + ial 形容詞化

㉙ [peri] 周圍，近

➡ 潛水艇的潛望鏡是 periscope，其字源是《peri 周圍 + scope 觀；看》。

period [`pɪrɪəd]【名】時期；週期；月經
▶ peri 近 + od 道

peripheral [pə`rɪfərəl]【形】周圍的；末梢的
▶ peri 近 + pher = fer 運送 + al 形容詞化
　　　　　 ⇒48~49

㉚ [pre, pro] 前面的，之前的

➡ 預先付款的卡就是預付卡 (prepaid card)。

➡ 在學生面前講解的大學教授 (professor) 其語源是《pro 在前面 + fess 述說 + or 人》。

prescribe [prɪ`skraɪb]【動】開藥方
▶ pre 之前 + scribe 寫 → 醫師會事先寫上

predict [prɪ`dɪkt]【動】預測；預言
▶ pre 之前 + dict 說；講 + ion 名詞化

※**prediction** [prɪ`dɪkʃən]【名】預測；預言

㉛ [re] 再次，向後，回

➡ 重製 (remake)、重新開始 (restart)、重設 (reset)、煥然一新 (refresh)、回收 (recycle)、重播 (replay)、中繼器 (repeater) 等等，都有「重頭」和「再來一次」的意思。

response [rɪ`spɑns]【名】回應；反應
▶ re 回 + spons 答覆

resistance [rɪ`zɪstəns]【名】抵抗；阻力
▶ re 向後 + sist 站立 + ance 名詞化
　　　　　 ⇒148~149

㉜ [retro] 逆，向後

➡ 回顧 (retrospect) 是指回到過去 (retro) 看 (spect) 的意思。

retroaction [ˌrɛtroˈækʃən]【名】反作用
▶ retro 逆 + action 行動
⇒2

retroflexion [ˌrɛtrəˈflɛkʃən]【名】翻轉；反曲；子宮後屈
▶ retro 向後 + flex 彎曲 + ion 名詞化

㉝ [sub] 下方的，次的

➡ 地鐵與地下道是 subway，原意就是「道路的下方」。

substance [ˈsʌbstəns]【名】物質
▶ sub 下方的 + stance 站立的東西 → 在基底支撐的東西
⇒148~149

submarine [ˈsʌbməˌrin]【名】潛水艇【形】海底的
▶ sub 下方的 + marine 海的

㉞ [sur, super, supra] 上，超

➡ sur 源自古法語，super 源自拉丁語。莎朗牛排 (sirloin steak) 是指牛的腰上部位最高級的肉。姓氏 (surname) 是指在名字之上 (sur + name) 的意思。

surface [ˈsɝfɪs]【名】表面
▶ sur 上 + face 臉

supernova [ˌsupɚˈnovə]【名】超級新星
▶ super 超 + nova 新星
⇒105

supersonic [ˌsupɚˈsɑnɪk]【形】超音速的
▶ super 超 + son 聲音 + ic ～的

㉟ [syn, sym, sys] 共同，同時的

➡ 源自於希臘語。英語 synchronized swimming 指「花式游泳；水上芭蕾」，是相同時間做相同動作的游泳。

syndrome [ˈsɪnˌdrom]【名】症候群
▶ syn 共同 + drome 跑；運行

symptom [ˈsɪmptəm]【名】症狀
▶ sym 共同 + ptom 掉落

㊱ [trans] 越過，穿過 ─────────────

➡ 英文的 transformer 是指會突破外形 (form)，變換為其他形狀的東西。

transplant [ˋtræns͵plænt]【名】移植／[trænsˋplænt]【動】移植；移種
▶ trans 越過 + plant 植物；種植

transparent [trænsˋpɛrənt]【形】透明的
▶ trans 越過 + par 出現 + ent 形容詞化

㊲ [ultra] 越過，超過 ─────────────

➡ 英文的 ultraman 是指超越人類的超人。(註：日本漫畫作品 *ultraman* 在台灣叫「超人力霸王」，也就是大家耳熟能詳的「鹹蛋超人」。)

ultrasonic [͵ʌltrəˋsɑnɪk]【形】超音波的
▶ ultra 超 + son 音 + ic ～的

ultraviolet [͵ʌltrəˋvaɪəlɪt]【形】紫外線的
▶ ultra 超 + violet 紫的

相關詞 **ultraviolet rays** 紫外線

表示數字的字首

［1］uni 拉丁語　mono 希臘語

union [ˋjunjən]【名】聯盟；工會；聯合；統一
▶ 有成為一個的意思。

The union of Set A with Set B produces Set C.
A 集合與 B 集合的聯合產生出 C 集合。

unit [ˋjunɪt]【名】單位

In mathematics, a unit circle is a circle with a radius of one.
在數學中，單位圓是一個半徑為 1 的圓。

universal [ˏjunəˋvɝsl]【形】普遍的；共通的；宇宙的
▶ uni 1 + vers 旋轉 + al 形容詞化
　　　　　　⇒171

In set theory, a universal set is a set which contains all objects, including itself.
在集合理論中，全集是一個包含所有物體的集合，包括它自己。

universe [ˋjunəˏvɝs]【名】宇宙；世界

The universe contains a vast number of galaxies.
宇宙包含大量的星群。

unisexual [ˏjunɪˋsɛkʃuəl]【形】單性的；限於單一性別的
▶ uni 1 + sex 性別 + al 形容詞化
　　　　　　　⇒140

Most animals are unisexual.
大部分動物是單性的。

monotonic [ˏmɑnəˋtɑnɪk]【形】單調的
▶ mono 1 + ton 拉緊；緊張 + ic ～的

A monotonic sequence is entirely non-increasing, or entirely non-decreasing.
單調數列是完全不增，完全不減的。

monomer [ˋmɑnəmə]【名】單體
▶ mono 1 + mer(it) 優勢

Natural monomers make up the majority of a plant's chemistry.
天然的單體構成了大部分的植物化學性質。

monomial [mə`nomɪəl]【形】單項的【名】單項式

▶ mono 1 + nomi 名字 + al 形容詞化
　　　　　　⇒107

A monomial is an expression in algebra that contains one term, like 3xy.
單項式是個包含一個項的代數表達式，如 3xy。

[1/2] semi 拉丁語　hemi 希臘語

semiaquatic [ˌsɛmɪə`kwætɪk]【形】半水生的

▶ semi 半 + aqua 水 + tic ～的
　　　　　　⇒6

Semiaquatic animals are those that are primary terrestrial but that spend a large amount of time in water.
半水生的動物是那些主要為陸生卻大部分在水中度過的動物。

semicoma [ˌsɛmɪ`koumə]【形】半昏迷

▶ semi 半 + coma 昏迷

The doctor revived him from semicoma.
醫生將他從半昏迷中救回。

semiautomated [ˌsɛmɪˌɔtə`mætɪd]【形】半自動的

▶ semi 半 + auto 自己的 + ate 成為 + ed 已完成

This work is done with semiautomated procedures.
這個工作是以半自動程序完成。

hemialgia [ˌhɛmɪ`ældʒɪə]【名】單側痛

▶ hemi 半 + algia 痛
　　　　　　⇒5

Although back pain is a frequent presenting symptom in multiple myeloma, hemialgia has not been reported.
雖然背痛是個常見的多發性骨髓瘤代表症狀，但單側痛至今未有報告。

hemicrania [ˌhɛmɪ`krenɪə]【名】偏頭痛

▶ hemi 半 + crania 頭
　　　　　　⇒31

Hemicrania continua is a persistent unilateral headache that responds to indomethacin.
持續性偏頭痛是一種由因多美沙信所引起的持續性單側頭痛。

［2］bi/bin/bis 拉丁語　di 希臘語　duo 拉丁語

billion [ˋbɪljən]【名】十億【形】十億的

▶ bi 2 +million 百萬 → billion 原本是表達百萬的 2 次方 ($1,000,000^2$) 的詞彙 (2
= bi，百萬＝ million)。1970 年代統一詞義，對現今的美國、英國和曾經是
其殖民地的國家，billion 演變成「10 億」的意思了。

World population reached 7 billion in 2011.
世界人口在 2011 年達到了 70 億。

binary [ˋbaɪnərɪ]【形】二進位的【名】二進位法

▶ bin 2 + ary 形容詞化

The computer performs calculations in binary and converts the results to
decimal.
電腦以二進位法進行運算並將結果轉換為十進位制。

bipolar [baɪˋpolə]【形】兩極的；躁鬱的

▶ bi 2 + pole 桿；極 + ar 形容詞化

It is estimated that 1% to 3% of the population suffers bipolar disorder.
據估計，有 1% 至 3% 的人口罹患躁鬱症。

相關 polar [ˋpolə]【形】極的

The southern polar region or the southern end of the earth's axis is called
the South Pole.
南方極區或地球軸線的南端被稱為南極。

combine [kəmˋbaɪn]【動】結合；組合

Hydrogen and oxygen combine to form water.
氫和氧結合形成水。

※combination [͵kɑmbəˋneʃən]【名】結合；組合；化合物

▶ com 共同 + bin 2 + ate 成為 + ion 名詞化

The notation nCr is read as "the number of combinations of r from n."
符號 nCr 被解讀為「從 n 個元素中所取出的 r 個元素的組合數」。

binomial [baɪˋnomɪəl]【形】二項的

▶ bi 2 + nomi 名字 + al 形容詞化
　　　⇒ 107

The expression is known as the binomial theorem.
這個表達式就是有名的二項式定理。

diode [ˋdaɪod]【名】二極真空管

▶ di 2 + ode 道

He is famous as the scientist who invented light-emitting diodes.

他是個有名的、發明發光二極管的科學家。

duodecimal [ˌdjuəˋdɛsəml]【形】十二進位的【名】十二進位法

▶ duo 2 + decim 10 + al 形容詞化

In decimal, 6 + 6 equals 12, but in duodecimal it equals 10.

在十進位法中，6 加 6 等於 12，但在十二進位法中等於 10。

[3] tri 拉丁語、希臘語

trillion [ˋtrɪljən]【名】一兆

▶ 原本 trillion 是表達百萬的 3 次方 (1,000,000³) 的詞彙 (3 = tri，百萬 = million。1970 年代統一詞義，對現今的美國、英國和曾經是其殖民地的國家，trillion 演變成「1 兆」的意思了。

A few trillion years into the future, star formation may have already ended.

數兆年後的未來，恆星形成可能已經結束了。

triangle [ˋtraɪˌæŋgl]【名】三角形

▶ tri 3 + angle 角

The sum of the interior angles of a triangle is 180.

一個三角形的內角總和是 180°。

※triangular [traɪˋæŋgjələ]【形】三角形的

In mathematics, a square triangular number is a number which is both a triangular number and a perfect square.

在數學中，三角平方數是個既是三角形數又是完全平方數的數字。

trivial [ˋtrɪvɪəl]【形】瑣碎的；淺薄的；日常的

▶ tri 3 + via 路 + al 形容詞化 → 源自於許多人聚集在三叉路的意思。
⇒172

The equation X+5Y=0 has the trivial solution X=0, Y=0.

方程式 X+5Y = 0 有平凡解 X 是 0，Y 是 0。

triple [ˋtrɪpl]【動】變成三倍【形】三倍的

▶ tri 3 + ple 堆放
⇒126

The population of the village has tripled in the past 20 years.

這村子裡的人口在過去 20 年裡成長三倍。

［4］quadr(i) 拉丁語　tetra 希臘語

quadruple［ˋkwɑdrʊpl］【形】四倍的【動】成為四倍

▶ quadr 4 + ple 堆放
　　　　　　⇒126

The population of the city quadrupled in one decade.

這城市的人口在十年中成長四倍。

tetracycline［ˏtɛtrəˋsaɪklɪn］【名】鹽酸四環素（從四個烴組合成的有機環狀化合物）

▶ tetra 4 + cycle 循環 + ine 物質

The patient was prescribed an antibiotic called tetracycline.

此病患被開立了一種稱為鹽酸四環素的抗生素。

tetragon［ˋtɛtrəˏgɑn］【名】四邊形

▶ tetra 4 + gon 角

The interior and exterior angles are constant in a regular tetragon.

在一個正四邊形中，內角和外角是固定的。

［5］penta 希臘語

pentagon［ˋpɛntəˏgɑn］【名】五邊形

▶ penta 5 + gon 角

A soccer hall has twelve pentagons and twenty hexagons.

一顆足球有 12 個五邊形和 20 個六邊形。

pentahedron［ˏpɛntəˋhidrən］【名】五面體

▶ penta 5 + hedron 面體

In geometry, a pentahedron is a polyhedron with five faces.

在幾何學中，五面體是一個有五個面的多面體。

［6］hexa 希臘語

hexagon［ˋhɛksəˏgən］【名】六邊形

▶ hexa 6 + gon 角

A regular hexagon has six equal sides and six equal angles.

正六邊形有六個等邊和六個等角。

hexapod [ˋhɛksəˏpɑd]【形】昆蟲的；有六足的【名】昆蟲；有六足的節肢動物

▶ hexa 6 + pod 足

A hexapod robot has a great deal of flexibility in how it can move.
一個六足的機器人在移動時有很大的靈活性。

[7] hepta 希臘語

heptagon [ˋhɛptəˏgɑn]【名】七邊形 (= septagon)

▶ hepta 7 + gon 角

The teacher taught the students how to draw a heptagon inside a circle.
老師教學生如何在圓中畫七邊形。

[8] octo, octa 拉丁語、希臘語

octane [ˋɑkten]【名】辛烷

▶ 有八個碳的飽和碳氫化合物（飽和烴）。

Small, high-compression engines need high octane gas.
小型高壓縮引擎需要高辛烷值的汽油。

octopus [ˋɑktəpəs]【名】章魚

▶ octo 8 + pus 足

The octopus has eight arms.
章魚有八個觸腕。

[9] nona 拉丁語

November [noˋvɛmbə]【名】十一月（羅馬曆法的第九個月）

nonagon [ˋnɑnəˏgɑn]【名】九邊形

▶ nona 9 + gon 角

The sum of the interior angles of a nonagon is 1260 degrees.
九邊形的內角總和是 1260 度。

[10] deca, [1/10] deci 拉丁語、希臘語

decapods [ˋdɛkəˌpɑd]【名】十足目（蝦、蟹）等

▶ deca 10 + pod 足
⇒118

The most familiar group of crustaceans, decapods, include crabs, shrimps, lobsters, and crayfish.

最常見的甲殼類十足目包括蟹、蝦、龍蝦及螯蝦。

decimal [ˋdɛsɪml]【名】小數【形】十進位的；小數的

▶ decim 10 + al 形容詞化

Click this icon to delete the final decimal place of a number in the selected cell.

單擊此圖標可刪除所選單元格中數字的最後一位小數。

[100] cent 拉丁語

centimeter [ˋsɛntəˌmitə]【名】公分

▶ centi 100 + meter 測量
⇒94

A centimeter is a unit of length.

公分是長度單位。

centigrade [ˋsɛntəˌgred]【名】攝氏

▶ centi 100 + grade 步；階
⇒65

Water freezes at 0 degrees Centigrade.

水在攝氏零度時結冰。

percentage [pəˋsɛntɪdʒ]【名】百分比；比率

▶ per 每一 + cent 100 + age 名詞化

The percentage of lead in our drinking water is unacceptably high.

在我們飲用水中鉛的比例高得無法接受。

［**1000**］**mil, mill** 拉丁語

million [`mɪljən]【名】百萬

▶ mill 千 + on 大的

The total renovation cost will be about 234 million yen.
全部的翻修成本將大約是 234 百萬日圓。

mile [maɪl]【名】英里（約 **1.6** 公里）

▶ 想像向左右各跨一步，然後一千倍的距離。

This river is one mile across.
這河流一英里寬。

用於字尾具有意義的字根

-itis 炎症

-ia /-osis 症狀；狀態

-cyte 細胞

-ics 學問；體系

-oid 類似

-oma 腫瘤

-logy 學問；話語

-plasty 移植；形成

-emia 血液；～血症

本書使用符號說明

字根序號
共收錄 175 個重要字根。

※ = 衍生字
主要單字 hydrate 的衍生字。

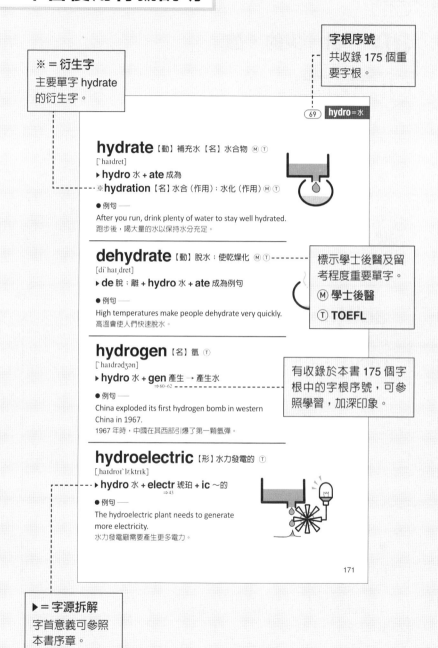

(69) **hydro**＝水

hydrate 【動】補充水 【名】水合物 Ⓜ Ⓣ
[ˋhaɪdret]
▶ hydro 水 + ate 成為
※hydration 【名】水合（作用）；水化（作用）Ⓜ Ⓣ

● 例句 ——
After you run, drink plenty of water to stay well hydrated.
跑步後，喝大量的水以保持水分充足。

dehydrate 【動】脫水；使乾燥化 Ⓜ Ⓣ
[diˋhaɪˏdret]
▶ de 脫；離 + hydro 水 + ate 成為例句

標示學士後醫及留考程度重要單字。
Ⓜ 學士後醫
Ⓣ TOEFL

● 例句 ——
High temperatures make people dehydrate very quickly.
高溫會使人們快速脫水。

hydrogen 【名】氫 Ⓣ
[ˋhaɪdrədʒən]
▶ hydro 水 + gen 產生 → 產生水
⇒60~62

有收錄於本書 175 個字根中的字根序號，可參照學習，加深印象。

● 例句 ——
China exploded its first hydrogen bomb in western China in 1967.
1967 年時，中國在其西部引爆了第一顆氫彈。

hydroelectric 【形】水力發電的 Ⓣ
[ˏhaɪdroɪˋlɛktrɪk]
▶ hydro 水 + electr 琥珀 + ic ～的
⇒43

● 例句 ——
The hydroelectric plant needs to generate more electricity.
水力發電廠需要產生更多電力。

171

▶ = 字源拆解
字首意義可參照本書序章。

ac = 針、尖的、酸

字源筆記

　　說到宿醉的原因，就是工業上用於塑膠成形的乙醛（acetaldehyde ＝ 化學式 C_2H_4O），氧化後會變成醋酸 acetic acid。空氣汙染而下的酸性的雨稱為酸雨，英文稱之為 acid rain 即可，因為 acid 在拉丁語中是「醋」的意思。「壓克力板」是 acrylic plate。ac 的字源是「像針一般尖銳的末端」，acrobat（雜技演員，空中飛人）的由來是將繩子固定於高空，踮腳走繩，acro 從而衍生出「高」的意思。

acute 【形】急性的；尖銳的；劇烈的；銳角的 Ⓜ Ⓣ

[əˋkjut]

▸ **acu** 針 + **te** 形容詞化

● 例句

He was diagnosed with acute appendicitis.
他被診斷出急性盲腸炎。

An acute triangle has three acute angles.
銳角三角形有三個銳角。

acid 【形】酸的【名】酸
[ˋæsɪd]

▶ **ac** 針 + **id** 形容詞化

※**acidity** 【名】酸度；酸味

● 例句 ——

Acid rain is one of the main pollution problems.

酸雨是主要汙染問題之一。

---

acupuncture 【名】針灸療法
[ˋækjuˌpʌŋktʃə]

▶ **acu** 針 + **punct** 點 = point + **ure** 名詞化

● 例句 ——

It seems acupuncture is working for me.

針灸似乎對我很管用。

---

acidify 【動】酸化；變酸
[əˋsɪdəˌfaɪ]

▶ **acid** 酸的 + **fy** 動詞化，成為～

※**acidification** 【名】酸化

※**deacidification** 【名】脫酸；去酸

● 例句 ——

To acidify alkaline soils, mix in peat or acid fertilizer periodically.

為了要酸化、中和鹼性土壤，需定期地混入泥煤或酸性肥料。

---

acidophilus 【名】嗜酸；乳酸菌
[ˌæsɪˋdɔfələs]

▶ **acid** 酸的 + **phile** 親～的 + **us** 名詞化

● 例句 ——

After you have used antibiotics, you should take acidophilus every day for a week.

在你使用抗生素後，應該一週內每天都吃乳酸菌。

act, agi = 執行、驅動、引導

「發揮作用」的 act 源自拉丁文 agere 的過去分詞 actus，有「激勵」、「引發」的意思。「反應」的 reaction 來自《re 再次 + act 引發 + ion 名詞化》。interaction 從《inter 之間 + act 發生作用 + ion 名詞化》衍生出「互動」的意思。actual 是指「實際的」，actual size 是「實際尺寸」、actual value 則是「實際價值」。agenda 是「議題」。proactive 來自《pro 先前 + act 採取行動 + ive 形容詞化》，指「有先見之明的」。agile 來自《ag 執行 + ile 形容詞化》，指「敏捷的」。

active【形】活潑的；積極的 Ⓜ

[ˋæktɪv]

▸ act 做；執行 + ive 形容詞化

activity【名】活動力；活動
activate【動】活化；啟動；觸發 Ⓜ Ⓣ
activator【名】觸媒；催化劑 Ⓣ

● 例句

Our city sits on an active fault.
我們的城市坐落於活斷層上。

Certain kinds of cells can activate fibroblasts.
某些細胞能活化纖維母細胞。

react 【動】反應；起作用 Ⓜ

[rɪˋækt]

▶ **re** 再次 ＋ **act** 做；執行

※**reaction** 【名】反應；反作用力 Ⓜ Ⓣ

chain reaction 連鎖反應

● 例句 ——

Hydrogen reacts with oxygen to produce water.
氫和氧反應生成水。

deactivate 【動】去活化；使不活動 Ⓜ Ⓣ

[diˋæktəˌvet]

▶ **de** 脫離 ＋ **activate** 活化

● 例句 ——

The intention was simple, to destroy or deactivate any cancer cells in my body.
目的很單純，要破壞或去活化我體內的癌細胞。

agent 【名】作用物質；媒介；代理人（商）；

[ˋedʒənt] 間諜 Ⓜ Ⓣ

▶ **ag** 驅動 ＋ **ent** 人；物

● 例句 ——

We use chemical agents to clean things.
我們使用化學製劑來清潔物品。

coagulate 【動】凝固；使凝固 Ⓜ Ⓣ

[koˋægjəˌlet]

▶ **co** 共同 ＋ **ag** 驅動 ＋ **ate** 成為

● 例句 ——

The salt solution helps coagulate the soy milk into clumps.
鹽分溶解有助於將豆漿凝固成塊。

aero = 空氣

　　驅蟲劑、消毒劑等所使用的噴霧器 aerosol 來自《aero 空氣 + sol〔solution = 分解〕》。「有氧運動」是 aerobic exercise,「無氧運動」是 anaerobic exercise,而 anaerobic 的字源是《an 無 + aero 空氣 + bi 生命 + ic 形容詞化》。

aerobics【名】增氧運動;有氧運動 Ⓜ Ⓣ

[ˌeəˋrobɪks]

▶ **aero** 空氣 + **bi** 生命 + **ics** 學問

aerobic【形】增氧的;有氧的
aerate【動】使通氣;使快速暴露於空氣中

● 例句

What is the best way to do aerobics while I'm pregnant?
在我懷孕期間,最好的有氧運動是什麼?

Aerobic bacteria require oxygen for survival.
好氧細菌需要氧氣才能存活。

aerotitis 【名】航空性中耳炎

[ˌɛroˈtaɪtɪs]

▸ **aero** 空氣 + **itis** 炎症

● 例句 —

Aerotitis is an inflammation of the ear caused by changes in atmospheric pressure.

航空性中耳炎是大氣壓力改變所導致的耳內發炎。

aeronautical 【形】航空學的 ⓣ

[ˌɛrəˈnɔtɪkl̩]

= **aeronautic**

▸ **aero** 空氣 + **naut** 船員 + **ical** 形容詞化

※**aeronautics** 【名】航空學 ⓣ

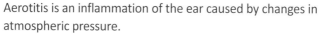

● 例句 —

He published a book on aeronautical engineering.

他出版了一本航空工程學的書。

aerodontalgia 【名】航空性牙痛；高空性牙痛

[ˌeərəʊdɒnˈtældʒɪə]

▸ **aero** 空氣 + **dont** 牙齒 + **algia** 疼痛
⇒38　　　⇒5

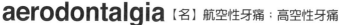

● 例句 —

Aerodontalgia is pain in the teeth caused by a change in atmospheric pressure.

航空性牙痛是大氣壓力改變所導致的牙齒疼痛。

aerodynamic 【形】航空力學的；空氣力學的

[ˌɛrodaɪˈnæmɪk]

▸ **aero** 空氣 + **dynamic** 力學的

※**aerodynamics** 【名】航空（空氣）力學

● 例句 —

The design of compressor blades is based on aerodynamic theory.

壓縮機葉片的設計是以航空力學的理論為基礎。

alb, alp = 白的

相簿 (album) 源自於古代在白色石板上記載人名的事情。被白雪覆蓋住的阿爾卑斯山 (Alps)、日文名為阿呆鳥的信天翁 (albatross) 也源自於此字源。

albino 【名】白化；白化者（人、動物）Ⓜ
[æl`baɪno]

▸ **alb** 白的 + **in** 小的 + **o** 陽性名詞詞尾

albinism 【名】白化症

● 例句

A rare albino alligator arrived at the Wild Animal Park yesterday.
昨天，一隻稀有的白化鱷魚抵達野生動物公園。

People with albinism may have vision problems.
白化症的人可能會有視力問題。

albatross 【名】信天翁
[`ælbə͵trɔs]

▶ 來自「白鳥」。

● 例句 ——
The albatross is an endangered species.
信天翁是一種瀕危物種。

albumin 【名】白蛋白 (= albumen)
[æl`bjumɪn]

▶ **alb** 白的 + **um** 名詞化 + **in** 表物質

● 例句 ——
Serum albumin is insolubilized by heat.
血清白蛋白不會因加熱而溶解。

albuminuria 【名】蛋白尿症
[æl͵bjumɪ`nʊrɪə]

▶ **albumin** 白蛋白 + **uria** 尿
⇒166

● 例句 ——
Albuminuria is evident in the early stages of diabetes onset.
白蛋白尿在糖尿病開始的早期階段很明顯。

albuminolysis 【名】白蛋白水解
[ælbjumɪ`nɑlɪsɪs]

▶ **albumin** 白蛋白 + **ly** 分解 + **sis** 名詞化
⇒77~78

● 例句 ——
Albuminolysis ferment extracted from kiwifruit can resolve meat albumen rapidly.
從奇異果中萃取出的白蛋白水解酵素能迅速分解肉類蛋白。

algia, algesia = 疼痛

字源筆記

有「鄉愁」意思的「思鄉病」叫作 nostalgia，字源是希臘文的《nostos 歸鄉 + algia 痛楚》。

algesia 【名】痛覺 ⓣ
[ælˋdʒizɪə]

▶ 源自於希臘文 **algia**，表示「疼痛」。

analgesic【形】止痛的 Ⓜ

● 例句

Algesia is a scientific term that refers to the ability to sense pain.
痛覺是個科學術語，意指感知疼痛的能力。

An opiate is a type of analgesic agent.
鴉片是一種鎮痛劑。

cardialgia 【名】心臟痛；胃灼痛
[ˌkɑrdɪˋældʒɪə]

▸ **cardi** 心臟 + **algia** 疼痛
⇒19

● 例句 ——
Cardialgia is characterized by prolonged dull, stabbing pain in the area of the heart.
心臟痛的特徵是心臟附近長時間隱約的刺痛。

odontalgia 【名】牙痛
[ˌodɑnˋtældʒɪə]

▸ **(o)dont** 牙齒 + **algia** 疼痛
⇒38

● 例句 ——
Odontalgia is the most common of all the neuralgias of pregnant women.
牙痛是懷孕婦女最常見的神經痛。
*neuralgias 神經痛 = neuro 神經 + algia 疼痛

hyperalgesia 【名】痛覺過敏
[ˌhaɪpərælˋdʒizɪə]

▸ **hyper** 以上；超過 + **algesia** 疼痛

● 例句 ——
Hyperalgesia is an increased sensitivity to pain, which may be caused by damage to peripheral nerves.
痛覺過敏是一種對疼痛的敏感加劇，可能由周邊神經損傷所導致。

hypoalgesia 【名】痛覺減退
[haɪpouælˋdʒizɪə]

▸ **hypo** 以下；低 + **algesia** 疼痛

● 例句 ——
Quite often, an early hyperalgesia is followed by hypoalgesia and muscle weakness.
通常，初期痛覺過敏隨之而來的是痛覺減退和肌肉無力。

aqua = 水

　　aqualung「水肺」的字源是《aqua 水 + lung 肺》，lung 來自希臘文「輕盈的內臟」。從日本神奈川縣的川崎市，穿過東京灣，至千葉縣木更津市的高速公路 Aqua-line，意思是「水的路線」。三月的誕生石 aquamarine 是「海藍寶石」，意指《aqua 水 + marine 海洋的》。aquarium 是「水族館」，字源為《aqua 水 + ium 場所》。星座中的「水瓶座」Aquarius 為拉丁文，意思是「搬水瓶的人」。

aquatic 【形】水生的 Ⓜ Ⓣ
[ə`kwætɪk]

▸ **aqua** 水 + **tic** ～的

aqueous 【形】水的；水狀的

● 例句

These fish usually eat tender aquatic plants.
這些魚通常吃嫩的水生植物。

The atom becomes a positive ion and goes into aqueous solution.
原子變成陽離子並進入水溶液中。

aquaculture 【名】水產養殖 Ⓜ Ⓣ
[ˋækwəkʌltʃə]

▸ **aqua** 水 + **culture** 養殖 Ⓣ
⇒29

● 例句 ——

He has been engaged in aquaculture for 30 years.
他已從事水產養殖 30 年。

aquaphobia 【名】恐水症 Ⓣ
[ˌækwəˋfobɪə]

▸ **aqua** 水 + **phobia** 恐懼
⇒123

● 例句 ——

It is said that 1 in 50 people in the general population suffer from aquaphobia.
據說一般人中每 50 人就有 1 人受恐水症之苦。

aquifer 【名】地下含水層 Ⓣ
[ˋækwəfə]

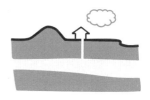

▸ **aqui** 水 + **fer** 運送
⇒48~49

● 例句 ——

Aquifer pollution often remains undetected until appearing in a well.
含水層汙染經常是直到出現在水井中才被偵測出來。

aqueduct 【名】溝渠;導水管 Ⓣ
[ˋækwɪˌdʌkt]

▸ **aque** 水 + **duct** 導管
⇒41~42

● 例句 ——

What is known about the cerebral aqueduct is derived mainly from the legacy of classic histology.
現在關於大腦導水管的知識主要衍生自經典組織學。

art = 連接、技術

!! 字源筆記

原始印歐語中的 ar 是「完善地結合在一起」的意思，arm 是連接手與肩的「臂」，art 是接合的「技術、藝術」，harmony 是指聲音或顏色的巧妙搭配，具有「和諧」的意思。harmonics 源自《harmony 和諧 + ics 系統》有「合聲、諧音」的意思。article 源自《art 連結 + icle 小事物》有「報導、論文」的意思。articulate 源自《article 小小的關聯 + ate 形容詞化》有「表達清楚的」之意。希臘文 arthro 意指連接身體部位的「關節」，是廣泛使用的醫學術語。

artificial 【形】人工的 Ⓜ Ⓣ

[ˌɑrtəˈfɪʃəl]

▶ **art** 技術 +
fic 做 +
⇒46~47
ial 形容詞化

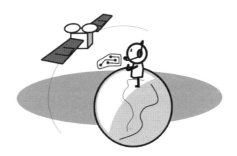

● 例句

Today our artificial satellites are revolving around the earth.
今天我們的人造衛星正繞著地球旋轉。

A.I. stands for "artificial intelligence."
A.I. 代表「人工智慧」。

inertia 【名】慣性；惰性
[ɪnˋɝʃə]

▸ **in** 否定 + **ert** 工作 + **ia** 狀態

※**inertial**【形】慣性的；不活潑的

● 例句 ——
The law of inertia is known as Isaac Newton's first law of motion.
「慣性定律」以艾賽克牛頓的第一運動定律而聞名。

---

arthropod 【名】節肢動物
[ˋɑrθrəˌpɑd]

▸ **arthr** 關節 + **pod** 足
⇒118

● 例句 ——
The world's largest arthropod is the Japanese spider crab.
世界最大的節肢動物是日本的蜘蛛蟹。

---

arthritis 【名】關節炎 Ⓜ
[ɑrˋθraɪtɪs]

▸ **arthr** 關節 + **itis** 炎症

● 例句 ——
I have arthritis in my wrist.
我的手腕有關節炎。

---

arthralgia 【名】關節痛
[ɑrˋθrældʒə]

▸ **arthr** 關節 + **algia** 疼痛
⇒5

● 例句 ——
Arthralgia and bone pain may occur.
可能會出現關節痛與骨痛。

art = 動脈

　　將血液從心臟輸出至身體各部位的是動脈 (artery)，而 arteriole 來自《artery 動脈 + ole 微小的》，是「小動脈」的意思。

artery 【名】動脈 Ⓜ Ⓣ

[ˋɑrtərɪ]

▸ 來自拉丁文、希臘文 **arteria**，是「氣管、上升」的意思。

arterial 【形】動脈的

● 例句

She had an operation to widen a heart artery.
她接受了擴張心臟動脈的手術。

An arterial embolism may be caused by one or more clots.
動脈栓塞可能由一個或多個血栓所導致。

arteritis 【名】動脈炎

[ˌɑrtəˈraɪtɪs]

▶ **artery** 動脈 + **itis** 炎症

● 例句 ——

Arteritis is a complex disorder that is still not completely understood.

動脈炎是一種尚未被完全了解的複雜疾病。

aortography 【名】主動脈造影術

[ˌeɔrˈtɑgrəfi]

▶ **arota** 大動脈 + **graph** 畫 + **y** 名詞化

● 例句 ——

The aortography showed 6 cases as positive and 1 case as negative among the 7 cases.

主動脈造影顯示在 7 個病例中，6 個是陽性，1 個是陰性。

aorta 【名】大動脈

[eˈɔrtə]

▶ 來自拉丁文、希臘文 **arirein**，是「向上搬運」的意思。

※ **aortic** 【形】大動脈的

● 例句 ——

The heart pumps blood from the left ventricle into the aorta through the aortic valve.

心臟將血液從左心室通過主動脈瓣膜打入主動脈。

aortitis 【名】主動脈炎

[ˌeɔrˈtaɪtɪs]

▶ **aorta** 大動脈 + **itis** 炎症

● 例句 ——

The causes of aortitis include syphilis and rheumatic fever.

主動脈炎的病因包括梅毒和風濕熱。

aster, astro = 星

asterisk 是指「星號、星狀符號」，源自於希臘文中表示「星星」的 aster。手塚治虫原作「原子小金剛」的英文名稱是 Astroboy，意思是「星星男孩」。占星術 (Astrology) 的字源是《astro 星 + logy 學問》。

disaster 【名】災害；災難 Ⓜ Ⓣ

[dɪˋzæstə]

▸ **dis** 分離 + **aster** 星

因為古代人認為發生災難是因為沒有眾星的保佑。

disastrous 【形】悲慘的；災難性的 Ⓜ Ⓣ

● 例句

As soon as you forget about one disaster, another one strikes.
一旦你忘記了一場災難，另一個就會來襲。

Climate change could have disastrous effects on Earth.
氣候變遷可能對地球有災難性的影響。

asteroid 【名】小行星 Ⓜ Ⓣ
[`æstə͵rɔɪd]

▶ **aster** 星 + **oid** 相似

● 例句 ——
Ceres is the largest asteroid in our solar system.
穀神星是我們太陽系中最大的小行星。

astronaut 【名】太空人 Ⓜ Ⓣ
[`æstrə͵nɔt]

▶ **astro** 星 + **naut** 水手

● 例句 ——
The seven astronauts are prepared for two
weeks in orbit.
七名太空人已準備好在軌道上停留兩週。

astronomical 【形】天文（學）的；巨大的 Ⓣ
[͵æstrə`nɑmɪkl]

▶ **astro** 星 + **nomy** 某領域的知識 + **ical** 形容詞化
※ **astronomy** 【名】天文學 Ⓣ

● 例句 ——
The number of organisms composing the
biosphere is astronomical.
構成生物圈的有機體數量是龐大的天文數字。
*biosphere 生物圈 = bio 生物 + sphere 球；領域

astrocyte 【名】星狀細胞
[`æstrə͵saɪt]

▶ **astro** 星 + **cyte** 細胞

● 例句 ——
An astrocyte is a type of glial cell.
星狀細胞是一種神經膠質細胞。

capt(it), cep(t), cip = 頭

字源筆記

戴著帽子 (cap) 的選手稱為隊長 (captain)，此源自拉丁語 caput，有「頭」的意思。人頭形狀的蔬菜「捲心菜」(cabbage)、主廚 (chef) 和長官 (chief) 也源自於此字源。capital 是《capit 頭 + al 形容詞化》，由「領頭的」衍生出「主要的」、「大寫字母」的意思。拉丁語中 cephal 有「頭、頭骨」等意，雖然字源不同，但可以一併學起來。

biceps 【名】二頭肌

[`baɪsɛps]

▸ bi 二 + cep 頭

triceps 【名】三頭肌

● 例句

He is flexing his biceps.
他正展現他的二頭肌。

He's working on his chest and triceps in the gym.
他正在健身房裡鍛鍊他的胸肌及三頭肌。

quadriceps 【名】股四頭肌
[`kwɑdrəsɛps]

▸ **quadr** 四 + **cep** 頭

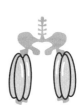

● 例句 ——

What is the quickest way to strengthen quadriceps?
強化股四頭肌的最快方法是什麼？

macrocephaly 【名】巨頭畸形
[ˌmækrə`sɛfəlɪ]

▸ **macro** 大的 + **ceph** 頭 + **ly** 症狀
　　　⇒ 86

● 例句 ——

There is no specific treatment for macrocephaly.
巨頭畸形症沒有明確的治療方式。

microcephaly 【名】小頭畸形
[ˌmaɪkro`sɛfəlɪ]

▸ **micro** 小的 + **ceph** 頭 + **ly** 症狀
　　　⇒ 95

● 例句 ——

Genetic factors may play a role in causing some cases
of microcephaly.
在某些小頭畸形病例中，遺傳因素可能是導致其發生的原因
之一。

hydrocephaly 【名】水腦症
[ˌhaɪdrə`sɛfəlɪ]

▸ **hydro** 水 + **ceph** 頭 + **ly** 症狀
　　　⇒ 69

● 例句 ——

The most common treatment for congenital
hydrocephaly is shunt surgery.
先天水腦症的最常見治療方式是分流手術。

cerebr = 大腦

cerebrum 在拉丁語中是「大腦」的意思，且如此直接引進英文中。原始印歐語則可追溯至 ker，表示「頭」和「角」等意思。

---

cerebrum 【名】大腦 Ⓜ Ⓣ

[`sɛrəbrəm]

▶ 源自於拉丁語的「腦」**cerebrum**。

cerebral【形】大腦的 Ⓜ Ⓣ

● 例句

The cerebrum, which develops from the front portion of the forebrain, is the largest part of the mature brain.
大腦，發展自前腦的前部，是成熟腦的最大部分。

The cerebral cortex is the outermost layered structure of neural tissue of the cerebrum.
大腦皮質層是大腦神經組織的最外層結構。

cerebellum 【名】小腦
[ˌsɛrəˋbɛləm]

▶ **cerebr** 大腦 + **llum** 小的

● 例句 ——
The cerebellum is the area of the hindbrain that controls
motor coordination, balance, equilibrium and muscle tone.
小腦位於後腦區，控制動作協調、平衡、均衡和肌肉張力。

cerebrospinal 【形】腦脊隨的
[ˌsɛrəbroˋspaɪnl]

▶ **cerebr** 大腦 + **spine** 脊柱 + **al** 形容詞化

● 例句 ——
Cerebrospinal fluid is a clear colorless bodily fluid
found in the brain and spine.
腦脊液是腦與脊柱中清澈無色的液體。

cerebrovascular 【形】腦血管的
[ˌsɛrəbroˋvæskjələ]

▶ **cerebr** 大腦 + **vascular** 血管的
⇒170

● 例句 ——
The common causes of death of Japanese people
include cancer, heart disease and cerebrovascular disease.
日本人的常見死因包括癌症、心臟病和腦血管疾病。

cerebroid 【形】似腦的
[ˋsɛrəbrɔɪd]

▶ **cerebr** 大腦 + **oid** 像；似

● 例句 ——
The cerebroid appearance or mosaic pattern was
evident with endoscopy.
內視鏡檢查清楚地顯示腦樣外觀和馬賽克圖案。

cer, car, hor = 角

角錐形狀的「胡蘿蔔」是 carrot。能裝進點心的「三角紙袋」是 cornet（這個字還有銅管樂器的「短號」和「螺旋麵包」等意），也源自於此字源。unicorn 的由來是拉丁語《uni 1 + corn 角》，意指「獨角獸」，來自希臘文的單詞則是 monoceros。

cervical【形】頸部的；子宮頸的
[ˋsɝvɪkḷ]

▸ **cervix** 頸部；子宮頸 + **al** 形容詞化

cervix【名】子宮頸

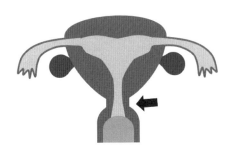

● 例句

It is said that cervical cancer often has no symptoms.
據說子宮頸癌常常無任何徵兆。

The cervix is the exit to the womb.
子宮頸是子宮的出口。

carotene 【名】胡蘿蔔素
[ˋkærəˌtin]

▸ **carot** 角 + **ene** 物質

● 例句——

Beta carotene can be converted into vitamin A in the body.
Beta 胡蘿蔔素在體內能被轉換成維生素 A。

carotid 【名】頸動脈【形】頸動脈的
[kəˋrɑtɪd]

▸ **carot** 角 + **id** 形容詞化

● 例句——

The doctor felt a faint pulse in her carotid artery.
醫生在她的頸動脈感覺到微弱的脈搏。

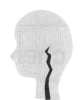

cornea 【名】角膜
[ˋkɔrnɪə]

● 例句——

White scars remain on my cornea.
我的角膜上留有白色的疤。

hornet 【名】大黃蜂
[ˋhɔrnɪt]

▸ **horn** 角 + **et** 小的

● 例句——

I was stung on the cheek by a hornet.
我被一隻大黃蜂叮到臉頰。

chlor = 黃綠色的、氯

chloroform 是用氯氣將甲烷氯化後所產生的「氯仿」，來自《chloro 黃綠 + form 甲酸》。口香糖品牌「嘉綠仙」(Clorets) 是由（Chlorophyll 葉綠素 + Retsyn 一種口氣清新劑的配方）造出來的詞。chlorine「氯」的化學符號是 Cl。

chlorine【名】氯

[`klorin]

▸ **chlor** 黃綠色的 + **ine** 物質

chlorinate【動】加氯消毒

● 例句

My eyes are stinging from the chlorine.
我的眼睛因氯而刺痛。

An estimated 75 percent of drinking water in the U. S. is chlorinated.
在美國估計有 75% 的飲用水被加氯。

chlorophyll 【名】葉綠素
[`klorəfɪl]
▸ **chlor** 黃綠色的 + **phyll** 葉

● 例句 ——
The plant is rich in vitamins, calcium, and chlorophyll.
植物含有豐富的維生素、鈣和葉綠素。

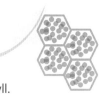

chloride 【名】氯化物
[`klɔraɪd]
▸ **chlor** 氯 + **ide** 化合物

● 例句 ——
Chloride is an essential mineral for humans.
對人而言氯化物是一種重要的礦物質。

chlorofluorocarbon 【名】含氯氟烴
[`klorə͵fluərəkɑrbən]
▸ **chlor** 氯 + **fluor** 氟 + **carbon** 碳
　　　⇒53~54　　　　　　⇒18

● 例句 ——
Chlorofluorocarbon gases have been used to cool most fridges for decades.
數十年來，氯氟烴氣體一直被用在冰箱冷卻。

chloroform 【名】氯仿
[`klorə͵fɔrm]
▸ **chlor** 黃綠色的 + **form** 含有甲酸的物質

● 例句 ——
Chloroform was the first inhalation anesthetic.
氯仿是第一種吸入性麻醉劑。

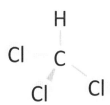

cid, cis = 切

　　concise 是標示「簡明」的字典，其名源自《con 完全地 + cise 切除》，意即刪減多餘內容的簡潔字典。scissors 是「剪刀」，在拉丁語中是 cisorium，意指「切除」。decide 是「決定」，其字源為《de 分離 + cide 切除 → 去除》。precise 來自《pre 提前 + cise 切除》，意指「正確的」，其名詞形 precision 是指「正確性、精準度」，precision instrument 即「精密儀器」。

bactericide【名】殺菌劑 = germicide

[bækˋtırəˌsaɪd]

▸ **bacteria** 細菌 + **cide** 切

bactericidal【形】殺菌的

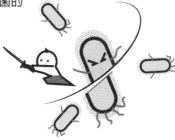

● 例句

Bactericides are used to control bacterial diseases such as fire blight on apples and pears.
殺菌劑被用來控制細菌性疾病，如蘋果和梨的火疫病。

Black garlic has a strong bactericidal action.
黑蒜具有很強的殺菌作用。

insecticide 【名】殺蟲劑 Ⓜ

[ɪn`sɛktə͵saɪd]

▸ **insect** 昆蟲 + **cide** 切

※ **pesticide** 【名】殺蟲劑 Ⓣ

　*pest 害蟲 + cide 切

● 例句 ——

Many insecticides are harmful to the environment.

許多殺蟲劑對環境有害。

---

herbicide 【名】除草劑

[`hɝbə͵saɪd]

▸ **herb** 草本 + **cide** 切

● 例句 ——

Weeding is done by hand rather than by spraying herbicides.

除草是用手工完成的，而非噴灑除草劑。

---

ecocide 【名】生態滅絕

[`ɪkə͵saɪd]

▸ **eco** 生態 + **cide** 切

● 例句 ——

The human race greedily plunges toward ecocide and self-extinction.

人類貪婪地走向生態毀滅與自我滅絕。

---

biocide 【名】殺生物劑（如殺蟲劑或抗生素等）

[`baɪəsaɪd]

▸ **bio** 生命 + **cide** 切
　⇒10

● 例句 ——

A biocide can prevent bacteria growth.

殺生物劑能防止細菌滋生。

circ, circum, cyc = 圓、繞行

大學中的 Circle 是指學生自行組織的同好會，可理解為「社團」之意。circle（圓）是由古羅馬時期圓型的戶外大型競技場 circus 所衍生出來的詞，倫敦鬧區的皮卡迪利圓環 (Piccadilly Circus) 有圓型廣場的意思。cycle 來自拉丁文 cyclus，意指「圓」、「輪子」。於印度洋形成，強烈的熱帶低氣壓稱為氣旋 (cyclone)。而 circumstance 來自《circum 繞行 + sta 立足 + ance 名詞化》，有「狀況」的意思。

recycle【動】循環；再利用 Ⓜ
[rìˋsaɪkḷ]

▶ re 再次 + cyc 圓；繞行 + le 小的

cycle【名】週期；循環

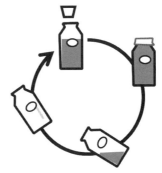

● 例句

Plastic bottles can be recycled into clothing.
塑膠瓶能再生製成衣物。

How does the cell cycle change in a cancer cell?
在癌細胞中的細胞循環如何變化？

circumference 【名】圓周（長）Ⓜ
[sə`kʌmfərəns]

▶ **circum** 圓；繞行 + **fer** 運送 + **ence** 名詞化　⇒48~49

● 例句 ——
The circumference of the pond is almost 10 kilometers.
這池子的周長將近 10 公里。

---

circulation 【名】循環；流通 Ⓜ Ⓣ
[ˌsɜkjə`leʃən]

▶ **circ** 圓；繞行 + **ate** 成為 + **ion** 名詞化
※ **circulate** 【動】循環；流通 Ⓜ Ⓣ

● 例句 ——
Regular exercise will improve blood circulation.
規律運動將改善血液循環。

---

circuit 【名】迴路；周；環行 Ⓜ Ⓣ
[`sɜkɪt]

▶ **circ** 圓；繞行 + **it** 走

● 例句 ——
In an electrical circuit, electrons move from the negative pole to the positive.
在電路中，電子從負極移動至正極。

---

circumscribe 【動】在～周圍畫線；限制 Ⓣ
[`sɜkəmˌskraɪb]

▶ **circum** 圓；繞行 + **scribe** 寫

● 例句 ——
The patient's activities are circumscribed.
病患的活動受到限制。

col, cult = 犁、耕

😊 生物學上的群體 (colony) 是指為了繁衍同種、甚至不同種的生物而形成的團體。拉丁語中 colonus 是指開墾新土地的農人。人類發展的「文化」是 culture。

---

colony 【名】殖民地；聚居地；群體 Ⓜ Ⓣ
[ˋkɑlənɪ]

▸ **col** 耕耘 + **ny** 名詞化

colonial 【形】殖民地的；群體的 Ⓣ
colonization 【名】殖民地化

● 例句

A colony of ants often contains several queens.
一個螞蟻群體中常有數隻蟻后。

A bryozoan is a colonial animal similar to coral.
苔癬蟲是一種類似珊瑚的群體動物。

cultured 【形】人工養殖或培養的 Ⓜ Ⓣ
[`kʌltʃəd]

▶ **cult** 耕耘 + **ure** 名詞化 + **ed** 已完成

※**culture**【名】文化；栽培【動】培養

● 例句 ——
He observed the cultured cells under a microscope.
他在顯微鏡下觀察培養的細胞。

agriculture 【名】農業；農耕 Ⓜ Ⓣ
[`ægrɪ͵kʌltʃə]

▶ **agri** 土地 + **culture** 栽培

● 例句 ——
More than 75% of the land is used for
agriculture.
超過 75% 的土地被農用。

horticulture 【名】園藝
[`hɔrtɪ͵kʌltʃə]

▶ **horti** 庭院 + **culture** 栽培

● 例句 ——
Horticulture is a mainstay of Holland's trade.
園藝是荷蘭貿易的主要支柱。

cultivate 【動】耕作；栽培 Ⓜ Ⓣ
[`kʌltə͵vet]

▶ **cult** 耕耘 + **ate** 成為

※**cultivation**【名】耕作

● 例句 ——
The land is too rocky to cultivate.
這土地太多岩石無法耕種。

cosmo = 秩序、宇宙

　　希臘文中的 cosmos 是「秩序」之意，作為萬象共同的法則也衍伸出「宇宙」的意思，而「大波斯菊」也叫 cosmos，因此有「宇宙之花」的美稱。另外，將肌膚漂亮地整合起來的「化妝品」則是 cosmetic。

cosmos【名】宇宙；有序的體系 Ⓣ
[`kɑzməs]

cosmic【形】宇宙的

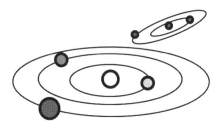

● 例句

The cosmos is changing every minute.
宇宙每分鐘都在變化。

The universe is believed to have been created by a cosmic explosion.
據信這個宇宙是由大爆炸所創造的。

cosmetic 【形】美容的；虛飾的【名】化妝品 Ⓜ
[kɑzˋmɛtɪk]

▶ **cosm** 秩序 + **tic** ～的

※**cosmetology** 【名】美容術

● 例句 ─

She had cosmetic surgery on her eyelids.
她在眼皮上動過整形手術。

*cosmetic surgery 整形手術 Ⓜ

---

microcosm 【名】小宇宙；縮影
[ˋmaɪkrəˌkɑzəm]

▶ **micro** 小的 + **cosm** 宇宙
　⇒95

● 例句 ─

New York's mix of people is a microcosm of America.
紐約的種族結構是美國的縮影。

---

macrocosm 【名】大宇宙
[ˋmækrəˌkɑzəm]

▶ **macro** 巨大的 + **cosm** 宇宙
　⇒86

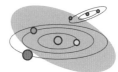

● 例句 ─

The first step to the macrocosm is the Solar system.
前進大宇宙的第一步是太陽系。

---

cosmology 【名】宇宙論 Ⓣ
[kɑzˋmɑlədʒɪ]

▶ **cosmo** 宇宙 + **logy** 學問

● 例句 ─

Copernicus suspected that there was an
essential error in Ptolemaic cosmology.
哥白尼認為托勒密的宇宙論有重大錯誤。

cranio = 頭

!! :) 　　如同大腦 (cerebrum)、角膜 (cornea) 等，cran 也是原始印歐語中，表示「頭」的 ker 所衍生出來的。

---

cranium【名】頭蓋（骨）

[`kreniəm]

cranial【形】頭蓋的

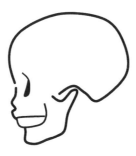

● 例句

The cracks in his cranium can be explained physiologically.
他頭蓋骨上的裂縫能以生理學來解釋。

The cranial cavity is of large size.
顱腔很大。

craniotomy 【名】開顱手術

[ˌkrenɪˈɑtəmɪ]

▸ **cranio** 頭 + **tom** 切 + **y** 名詞化
⇒161

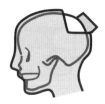

● 例句 ——

A craniotomy is performed to remove blood, abnormal blood vessels, or a tumor.
進行開顱手術是要移除血液、異常血管或腫瘤。

craniology 【名】顱骨學

[ˌkrenəˈɑlədʒɪ]

▸ **cranio** 頭 + **logy** 學問

● 例句 ——

He's an expert on craniology.
他是顱骨學的專家。

craniectomy 【名】顱骨切除術

[kˈreɪnɪktəmɪ]

▸ **crani** 頭 + **ec** 往外的 + **tom** 切 + **y** 名詞化
⇒161

● 例句 ——

Decompressive craniectomy is the last option to save his life.
減壓顱骨切除術是挽救他生命的最後選項。

migraine 【名】偏頭痛

[ˈmaɪgren]

拉丁語的 hemicrania

▸ **mi** (= hemi) 半 + **graine** (=crania) 頭

● 例句 ——

She suffers from migraine.
她受偏頭痛之苦。

crete, crut, cre(sc) = 增加、成長

crescendo 是音樂符號中表示逐漸增強的「漸強」，來自拉丁語的 crescere。而表示「漸弱」的 decrescendo 來自《de 往下 + crescendo 增加》，意指逐漸減弱。法國可頌麵包 croissant 是由意指「新月」的 crescent 而來，新月的原義是「從今會逐漸增大」。concrete 是在水泥中混入沙子、礫石、水所揉合出來的物質，也就是「混凝土」，來自拉丁語 concretus（成長），作為形容詞則有「具體的」之意。

creature 【名】生物 Ⓜ Ⓣ

[ˋkritʃɚ]

▶ **creat** 成長 + **ure** 名詞化

create 【動】創造
creation 【名】創造

● 例句

They found a fossil of a small, sparrow-like creature.
他們發現一個小的、像麻雀的生物化石。

Some believe the universe was created by a big explosion.
有些人相信宇宙是由一次大爆炸所創造。

increase 【動】增加 [ɪnˋkris] Ⓜ Ⓣ
【名】增加 [ˋɪnkris]

▸ **in** 在內的 ＋ **crease** 成長

● 例句 ——
If Y increases as X increases, the correlation is positive.
如果 Y 隨著 X 增加而增加，則其相關性為正。

decrease 【動】減少 [dɪˋkris] Ⓜ Ⓣ
【名】減少 [ˋdikris]

▸ **de** 往下 ＋ **crease** 成長

● 例句 ——
If Y decreases as X increases, the correlation is negative.
如果 Y 隨著 X 增加而減少，則其相關性為負。

accrete 【動】附著；合生
[əˋkrit]

▸ **ac** 向某方的 ＋ **crete** 成長

● 例句 ——
The early materials to accrete to the protoplanet were rich in iron.
這些附著在原生質的初期物質富含鐵質。

concretion 【名】結石；凝固物
[kɑnˋkriʃən]

▸ **con** 共同 ＋ **cret** 成長 ＋ **ion** 名詞化
※ **concrete** 【形】具體的 【名】混凝土 Ⓜ

● 例句 ——
Sandstone concretion formed around crystals.
在水晶周圍形成砂岩的凝結物。

crit, cret = 區別、分離

　　決定生死的「危機」是 crisis，法庭上裁決善惡的「犯罪」是 crime，「犯人」是 criminal。secret 是「祕密；機密」，字源為《se 分離 + cret 區別》，原指「被隔離的事物」，而處裡機密事項的人稱為 secretary，也就是「祕書」。

criterion 【名】標準；基準 Ⓜ Ⓣ

[kraɪˋtɪrɪən]

▶ crit 區別 + ion 名詞化

criteria 【名】 **criterion** 的複數形 Ⓜ Ⓣ

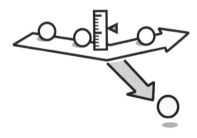

● 例句

Another criterion is the cars' potential contribution to global warming.
另一個標準是汽車會造成全球暖化的可能性。

The patient fulfilled the criteria for hypochondriasis.
這位病患符合疑病症的標準。

critical 【形】臨界的；危急的；批評的 Ⓜ Ⓣ
[`krɪtɪk!]

▸ **crit** 區別 + **ical** 形容詞化

● 例句 ——
The critical point, where gravity becomes so strong that escape is impossible, is called the event horizon.
重力變得太強而使逃脫變成不可能的臨界點被稱為「事件視界」。

excrete 【動】排泄；排出 Ⓜ Ⓣ
[ɛk`skrit]

▸ **ex** 向外的 + **crete** 分離
※**excretion** 【名】排泄物；排出物 Ⓜ

● 例句 ——
When we sweat, our bodies excrete salts.
當我們流汗時，我們的身體會排出鹽分。

secrete 【動】分泌 Ⓜ Ⓣ
[sɪ`krit]

▸ **se** 脫離 + **crete** 分離
※**secretion** 【名】分泌物 Ⓜ

● 例句 ——
Estrogens are secreted by the ovaries.
雌激素由卵巢分泌。

endocrine 【名】內分泌腺體 【形】內分泌的
[`ɛndo͵kraɪn]

▸ **endo** 在內的 + **crine** 區別
※**exocrine** 【名】外分泌腺體 【形】外分泌的

● 例句 ——
The pancreas has both an endocrine and a digestive exocrine function.
胰腺既有內分泌功能也有消化的外分泌功能。

dan, dom = 支配、家、房屋

!! 😊 字源筆記

　　domain「域名」是為了在網路上識別電腦和機器等等所使用的名字。國內航班 domestic flight 的 domestic 來自拉丁語 domus，有「家」的意思。dominant 來自《domin 支配 + ant 形容詞化》，有「主要的」之意。

---

danger【名】危險

[ˋdendʒɚ]

▶ 支配者的力量 → 傷害

dangerous【形】危險的
endanger【動】使危險；危及 Ⓜ Ⓣ

● 例句

That species of birds is said to be in danger of extermination.
那鳥類物種據說有滅絕之虞。

Loss of habitat is endangering many birds.
失去棲息地正危及許多鳥類。

domestic 【形】國內的；家庭的 Ⓜ Ⓣ
[dəˋmɛstɪk]

▶ **dome** 家 + **tic** ～的

● 例句 ——
Security on domestic flights in the US has been stepped up considerably.
美國國內航班的安全已顯著地升級了。

domesticate 【動】馴化 Ⓜ Ⓣ
[dəˋmɛstəˌket]

▶ **domestic** 家的 + **ate** 成為

● 例句 ——
Cats were domesticated by the Egyptians.
貓被埃及人馴化飼養。

dominate 【動】支配；占優勢 Ⓜ Ⓣ
[ˋdɑməˌnet]

▶ **dome** 支配 + **ate** 動詞化

● 例句 ——
The area is dominated by dense mangrove forests.
這一地區到處是濃密的紅樹林。

domain 【名】領域；範圍 Ⓜ Ⓣ
[doˋmen]

▶ 受支配的區域。

● 例句 ——
This issue is outside the domain of medical science.
這個問題超出了醫學範疇。

dent, dont = 牙齒

　　「牙醫診所」是 dental clinic、「牙醫美學」是 dental aesthetic。來自拉丁語的 dandelion 是指「蒲公英」，因其葉子猶如 lion 的 dent 而得名。dentifrice 的字源為《dent 牙齒 + frice 摩擦》，是「牙膏」的意思。義大利文外來語 al dente 是《al 對於 + dente 牙齒》，通常用於形容「（麵條）彈牙、有嚼勁」。dent 還有「凹痕、酒窩」的意思，indent 是《in 裡面 + dent 牙齒》，由牙齒般的鋸齒狀而引伸有「（印刷中）縮排、刻痕」之意。

dental 【形】牙齒的

[`dɛntl]

▸ dent 齒 + al 形容詞化

dentistry【名】牙科
dentist【名】牙醫

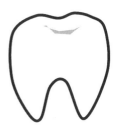

● 例句

His son is a dental technician.
他的兒子是個牙科技師。

Nitrous oxide, or laughing gas, is commonly used as an anesthetic in dentistry and surgery.
一氧化二氮，或笑氣，在牙科或外科手術上常被用作麻醉劑。

denture【名】假牙 Ⓜ Ⓣ
[ˋdɛntʃə]
▸ **dent** 齒 + **ure** 名詞化

● 例句 ——
The dentist advised me to have a full denture.
牙醫建議我裝全口假牙。

---

periodontitis【名】牙齦炎；牙周病 Ⓜ
[͵pɛrɪədɑnˋtaɪtɪs]
▸ **peri** 周圍 + **dont** 齒 + **itis** 炎症
※ **periodontics**【名】牙周病學

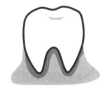

● 例句 ——
Periodontitis occurs when inflammation of the gums is untreated or treatment is delayed.
當牙齦發炎未治療或拖延時，牙周病就發生了。

---

orthodontics【名】牙齒矯正術
[͵ɔrθəˋdɑntɪks]
▸ **orth** 端正 + **dont** 齒 + **ics** 學問
※ **orthodontic**【形】牙齒矯正的

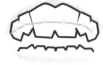

● 例句 ——
You may need orthodontics if your teeth or jaw do not develop in a normal way.
如果你的牙齒或下顎未以正常方式發育，你可能需要牙齒矯正。

---

rodent【名】齧齒類動物 Ⓣ
[ˋrodn̩t]
▸ **rod** 咬嚼 + **dent** 齒

● 例句 ——
A rat is an example of a rodent.
老鼠是齧齒類動物的例子。

duct, duce = 導引、指導、導致 ②

duct 是「導管」，conduit 來自《con 全部 + duit 引導》，有「管道」的意思。conductor 是「指揮家」，字源為《con 全部 + duct 引導 + or 人》，也就是指揮整個樂團的人。

conduct 【動】傳導；執行（實驗、計畫、研究）Ⓜ Ⓣ
[kən`dʌkt]

▶ con 共同 + duct 導引

conductive 【形】有傳導力的 Ⓜ Ⓣ
conductivity 【名】傳導性 Ⓜ Ⓣ
conduction 【名】傳導（熱、電、神經脈衝）Ⓜ Ⓣ

● 例句

Aluminum, being a metal, readily conducts heat.
鋁是一種容易導熱的金屬。

Copper is a very conductive metal.
銅是一種傳導性很強的金屬。

conductor 【名】導體 Ⓜ Ⓣ

[kən`dʌktə]

▶ **con** 共同 + **duct** 導引 + **or** 東西

● 例句 ——

Copper is a good conductor of heat.

銅是一種熱的良導體。

semiconductor 【名】半導體 Ⓣ

[ˌsɛmɪkən`dʌktə]

▶ **semi** 半 + **conduct** 傳導 + **or** 東西

● 例句 ——

The devices use less power than semiconductor devices.

這些設備比半導體設備使用更少的電力。

product 【名】產品；產物 Ⓜ Ⓣ

[`prɑdəkt]

▶ **pro** 向前 + **duct** 導引

※ **production** 【名】生產 Ⓜ Ⓣ

※ **productivity** 【名】產能；生產率 Ⓜ Ⓣ

● 例句 ——

Hemoglobin is a product of red blood cells.

血紅素 (Hb) 是紅血球的產物。

ductile 【形】可延展的 Ⓣ

[`dʌkt̩]

▶ **duct** 導引 + **ile** 形容詞化

ductile steel 延性鋼

● 例句 ——

Copper is more ductile than brass as it is a pure element.

由於銅是一種純物質，因此比黃銅更易延展。

electr = 電、琥珀

☺ 「電吉他」是 electric guitar。「電」來自拉丁文
electrum，意思是「琥珀」，源自於摩擦琥珀能產生靜電。而
有「摩擦」意思的 friction 也源自於此字源。electrostatic 來
自《electro 電 + stat 立起 + ic 形容詞化》，意思是「靜電的」。

electric 【形】電的
[ɪˋlɛktrɪk]
▸ electr 電 + ic ～的
electricity 【名】電 Ⓜ Ⓣ

● 例句

The electric light went out.
電燈熄滅了。

Cotton sheets absorb moisture, and create less static electricity.
棉床單能吸收水分並產生較少靜電。

electron 【名】電子 Ⓜ Ⓣ

[ɪˋlɛktrɑn]

▸ **electric** 電 + **ion** 離子
　　　　　　　⇒72

※**electronics** 【名】電子學 Ⓣ

※**electromagnetic** 【形】電磁的 = **electro** + **magnetic** Ⓣ

● 例句 ——

Although small, these single crystals can be studied using an electron microscope.

雖然很小，但是這些晶體可以使用電子顯微鏡進行研究。

---

electrode 【名】電極 Ⓣ

[ɪˋlɛktrod]

▸ **electr** 電 + **ode** 管路

● 例句 ——

At the active electrode there is a high current density due to the small area of the electrode.

因為電極的面積小，活性電極有很高的電流密度。

---

electrolyte 【名】電解質 Ⓜ Ⓣ

[ɪˋlɛktrəˌlaɪt]

▸ **electr** 電 + **lyte** 分解
　　　　　　　⇒77~78

● 例句 ——

The battery had leaked electrolyte.

電解液從電池漏出。

---

electrolysis 【名】電解作用 Ⓣ

[ɪlɛkˋtrɑləsɪs]

▸ **electr** 電 + **ly** 溶；解 + **sis** 名詞化
　　　　　　　⇒77~78

● 例句 ——

Alkali metals can be separated from their impurities by electrolysis.

藉由電解，能將鹼金屬與雜質分離出來。

equa, equi = 相等的

!! 字源筆記 😊

　　在赤道 (equator) 正下方的南美國家是厄瓜多爾 (Ecuador)。赤道是與南北極距離相等的點所連成的線。表示「平衡」的 equilibrium 分解後是《equi 相等的 + libra 天秤 + ium 名詞化》。Libra 不僅是「天秤座」，英國的貨幣單位英鎊 = £ 就是取用 Libra 的首字母，代表其與 1 磅重的銀具同等價值。

---

eaual【形】相等的；平等的【動】等於 Ⓜ Ⓣ

[ˋikwəl]

▸ equ 相等的 + al 形容詞化

equality【名】平等；等式 Ⓣ
inequality【名】不平等；不等式

● 例句

Five minus two equals three.
5 減 2 等於 3。

Today's class continues with inequalities.
今天的課繼續上不等式。

equation 【名】方程式；等式 ⓣ

[ɪˋkweʃən]

▸ **equ** 相等的 + **ate** 〜化 + **ion** 名詞化

※ **equate** 【動】使相等；等同 ⓣ

● 例句 ——

Solve a system of simultaneous equations.

請解出一組聯立方程式。

---

equilateral 【形】等邊的 ⓣ

[ˌikwɪˋlætərəl]

▸ **equi** 相等的 + **late** 側；邊 + **al** 形容詞化
⇒76

● 例句 ——

Draw an equilateral triangle on the blackboard.

在黑板上畫一個等邊三角形。

---

equivalent 【形】相對等的；等值的；等價的 ⓜ ⓣ

[ɪˋkwɪvələnt]　　　 【名】相對等；等值；等價

▸ **equi** 相等的 + **val** 價值 +
　ent 形容詞化
⇒167

● 例句 ——

Eight kilometers are roughly equivalent to five miles.

八公里大約等同於五英里。

---

equidistant 【形】等距的 ⓣ

[ˌikwɪˋdɪstn̩t]

▸ **equi** 相等的 + **distant** 遠的
⇒148~149

● 例句 ——

The locus of points equidistant from a given point is a circle.

從一個給定的點出發的等距軌跡是一個圓。

erg = 工作、行動

「能量」的英文 energy 源自希臘文 ergon，意思是「工作」。「過敏」的英文 allergy 也是源自希臘文表示「異物」的 allos 和 ergon，原義是「異物所引發的現象」。另外，具有「別的」和「其他的」等意思的 else, other 或 allos 都來自同一語源。erg 稱為「爾格」，是物理上計算功的能量單位，1 爾格相當於 10^{-7} 焦耳。ergonomics 來自《erg + economics》，是「人體工（程）學」的意思。

---

allergy 【名】過敏 Ⓜ Ⓣ

[ˋælədʒɪ]

▸ **all** 其他的 + **erg** 工作 + **y** 名詞化

allergic 【形】過敏的 Ⓜ Ⓣ

● 例句

One in seven people worldwide suffer from pollen allergy.
世界上每七人中就有一人受花粉過敏所苦。

He is allergic to pollen.
他對花粉過敏。

energy 【名】能源；精力 Ⓜ Ⓣ

[ˈɛnədʒɪ]

▶ 來自希臘文 **ergon**，意思是「工作」。

※ **energetic** 【形】精力充沛的 Ⓜ Ⓣ

● 例句 ——

Potential energy is one of several types of energy that an object can possess.

勢能（位能）是一個物體能擁有的若干能量之一。

allergen 【名】過敏原 Ⓜ Ⓣ

[ˈæləˌdʒən]

▶ **all** 其他的 + **erg** 工作 + **en** 物質

　→ 引發其他作用的意思。

※ **allergenic** 【形】過敏原的；變應原的

● 例句 ——

Certain foods seem to contain more potent allergens than others.

某些食物似乎比其他食物包含更多的過敏原。

antiallergic 【形】抗過敏的 Ⓣ

[ˌæntɪəˈlɜdʒɪk]

▶ **anti** 對抗 + **all** 其他的 + **erg** 工作 + **ic** ～的

● 例句 ——

Antiallergic drugs are commonly used for the treatment of allergic rhinitis.

抗過敏藥物常被用於治療過敏性鼻炎。

*rhinitis = rhin 鼻 + itis 炎症

hypoallergenic 【形】低過敏性的

[ˌhaɪpouˌæləˈdʒɛnɪk]

▶ **hypo** 低下的 + **all** 其他的 + **erg** 工作 + **ic** ～的

● 例句 ——

Production of hypoallergenic egg white has become possible.

低敏蛋白的生產已成為可能。

fect, fic, fact = 做、推動 ①

😊 factory 是「工廠」，來自拉丁文《fact 製造 + ory 場所》。fact 是「事實」，源於拉丁文 factum，指「既成的事」。facility 是《fac 執行 + ile 形容詞化 + ity 名詞化》，從「使用方便」延伸至「設備、機構」的意思。

---

infect 【動】感染；傳染 Ⓜ Ⓣ

[ɪn`fɛkt]

▸ **in** 在內的 + **fect** 推動

infection 【名】感染 Ⓜ Ⓣ
infectious 【形】會傳染的 Ⓜ Ⓣ

● 例句

A flu virus infected many students in his class.
流感病毒感染了他班上的許多學生。

Cholera is infectious.
霍亂是具有傳染性的。

disinfect 【動】消毒；殺菌 Ⓜ Ⓣ

[ˌdɪsɪnˋfɛkt]

▸ **dis** 否定 + **infect** 感染

● 例句 ——

Clean and disinfect the toilet with a disinfectant.
用消毒劑清潔和消毒馬桶。

---

effect 【名】效果；影響 Ⓜ Ⓣ

[ɪˋfɛkt]

▸ **e(f)** 向外 + **fect** 推動

※**effective**【形】有效的 Ⓜ Ⓣ

effective value 有效值

● 例句 ——

This vaccine is effective against the common cold.
這種疫苗能有效對抗一般感冒。

---

affect 【動】影響；對～發生作用 Ⓜ Ⓣ

[əˋfɛkt]

▸ **a(f)** 朝某方的 + **fect** 推動

● 例句 ——

The disease affects the central nervous system.
這種疾病影響中樞神經系統。

---

defect 【名】缺點；瑕疵；缺陷 Ⓜ Ⓣ

[dɪˋfɛkt]

▸ **de** 脫離 + **fect** 推動

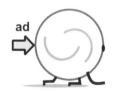

● 例句 ——

No defect was found during the pre-flight inspection.
飛行前的檢查未發現任何瑕疵。

fer = 運送、生育、承受 ①

　　ferry boat 是運送人和貨物的「渡船、渡輪」。來自拉丁文 ferre，有「搬運」的意思。

---

differ 【動】不同於；異於 Ⓜ Ⓣ
[ˋdɪfə]

▶ di 分開 + fer 運送

difference 【名】差異
different 【形】不同的

● 例句

The symptoms did not differ between the two groups.
這兩組的症狀並無差異。

Swimming will develop many different muscles.
游泳可以鍛鍊許多不同的肌肉。

prefer 【動】偏愛；較喜愛 Ⓜ
[prɪ`fɜ]

▸ **pre** 向前 + **fer** 運送

※**preference** 【名】偏好；優先權 Ⓜ Ⓣ

※**preferable** 【形】更好的；更可取的 Ⓜ Ⓣ

● 例句 ——

I prefer physics to chemistry.
我喜歡物理勝過化學。

suffer 【動】受苦；遭受 Ⓜ Ⓣ
[`sʌfɚ]

▸ **su(f)** 在下 + **fer** 承受

● 例句 ——

Children can suffer from high blood pressure too.
孩童也可能受高血壓之苦。

transfer 【動】轉移；傳染 [træns`fɜ]
　　　　　 【名】轉移 [`trænsfɜ] Ⓜ Ⓣ

▸ **trans** 越過 + **fer** 運送

transfer function 轉移函數；傳遞函數

heat transfer 熱傳遞

● 例句 ——

It is unlikely that the disease will be transferred
from animals to humans.
這種疾病不太可能從動物傳染給人類。

infer 【動】推論 Ⓜ Ⓣ
[ɪn`fɜ]

▸ **in** 裡面 + **fer** 運送

● 例句 ——

A lot can be inferred from these statistics.
從這些統計數據中可以推測出許多事情。

fer = 運送、生育、承受 ②

conference 是「會議」，字源為《con 全部 + fer 搬運 + ence 名詞化》，也就是大家特地聚在一起的意思。offer 來自《of 朝向 + fer 搬運》，意指朝著對方的方向搬運，有「提議、提供」的意思。refer 是《re 向著原點 + fer 搬運》，有「參照」的意思，名詞化之 reference 指「參照、參考文獻」。

differential 【形】獨特的；微分的

[ˌdɪfəˈrɛnʃəl] 【名】差異；微分 Ⓜ Ⓣ

▸ **di** 分開 + **fer** 運送 + **ent** 形容詞化 + **ial** 形容詞化

differentiate 【動】區別；微分；使差異化 Ⓜ Ⓣ
differential gear 差速齒輪

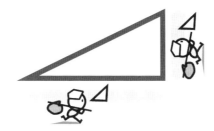

● 例句

Solve the following differential equations.
請解出下面這個微分方程式。

Differentiate f(x) with respect to x.
以 X 為變數微分 f(x)。

conference 【名】會議 Ⓜ Ⓣ

[`kɑnfərəns]

▸ **con** 共同 + **fer** 運送 + **ence** 名詞化

● 例句 ——
She is attending a three-day conference in AIDS education.
她正出席為期三天的愛滋病教育會議。

fertile 【形】多產的；肥沃的 Ⓜ Ⓣ

[`fɜtḷ]

▸ **fer** 生育 + **tile** 形容詞化

※ **fertility** 【名】肥沃；生育能力 Ⓜ Ⓣ

● 例句 ——
The soil in this region is fertile.
這個地區的土壤很肥沃。

fertilize 【動】使肥沃；施肥；使受孕 Ⓜ Ⓣ

[`fɜtḷ͵aɪz]

▸ **fer** 生育 + **tile** 形容詞化 + **ize** ～化

※ **fertilization** 【名】施肥；受孕 Ⓜ Ⓣ

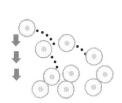

● 例句 ——
We should fertilize the soil if we want to grow healthy plants.
如果我們想種健康的植物，就應該給土壤施肥。

proliferate 【動】繁殖；增生；擴散 Ⓜ Ⓣ

[prə`lɪfə͵ret]

▸ **proli** 後代 + **fer** 生育 + **ate** ～化

※ **proliferation** 【名】繁殖；增生 Ⓜ Ⓣ

※ **proliferative** 【形】繁殖的 Ⓜ Ⓣ

● 例句 ——
We must not proliferate nuclear arms.
我們絕不能擴增核武器。

fil, fib = 線、纖維

　　來自拉丁文 filum，有「絲」的意思。肉質有細絲般纖維、泛紅的肉是菲力 (fillet)。燈泡中心的細線是燈絲 (filament)。檔案 (file) 是將記錄用細繩閉鎖，profile 是「輪廓」，源自「用線來描繪外形、輪廓」。

---

filter 【名】過濾器【動】過濾 Ⓜ Ⓣ

[ˋfɪltɚ]

▶ 源自於收集動物的毛，經壓縮以製作的毛氈片 **(felt)**。

filtration 【名】過濾（作用）Ⓜ Ⓣ

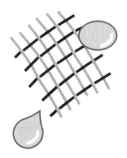

● 例句

You can use filter paper to catch substances in a solution.
你能使用濾紙去篩出溶液中的物質。

Water filtration devices take out the impurities and contaminants that make water taste bad.
濾水器可以分離出使水味道變差的雜質和汙染物。

fiber 【名】纖維 Ⓜ Ⓣ
[`faɪbɚ]
▸ fib 線 + er 東西
optical fiber 光纖 Ⓣ
※fibrous【形】纖維質的

● 例句 ——
Fruit and vegetables are high in fiber content.
水果和蔬菜含有很多纖維質。

infiltrate 【動】滲透 Ⓜ Ⓣ
[ɪn`fɪltret]
▸ in 裡面 + filter 過濾 + ate ～化
※infiltration【名】滲透 Ⓜ Ⓣ

● 例句 ——
Computer networks have infiltrated many aspects
of our daily life.
電腦網絡已滲透我們生活中的許多方面。

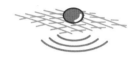

defibrillator 【名】除顫器；電擊器
[dɪ`fɪbrɪleɪtɚ]
▸ de 分離 + fiber 線 + ate ～化 + or 東西

● 例句 ——
AED stands for Automated External Defibrillator.
AED 代表「自動體外除顫器」。

fibroblast 【名】纖維母細胞
[`faɪbrəblæst]
▸ fibro 線 + blast 芽細胞

● 例句 ——
Dermal fibroblasts play an important role in
tissue remodeling and wound healing.
皮膚的纖維母細胞在組織重塑及傷口癒合方面扮演重要的角色。

(51)

fin = 結束

字源筆記

　　競技體操最後的結束動作 finish 是來自拉丁文 finire，即「結束」的意思。fine 則有「完結了」→「出色的」→「精細的」之意。

---

infinite 【形】不限定的；無限的 Ⓜ Ⓣ

[`ɪnfənɪt]

▸ **in** 否定 + **fin** 結束 + **ite** 形容詞化

infinity 【名】無限（大）Ⓣ

● 例句

It's hard to understand the concept of infinite space.
要理解無限空間的概念是很難的。

The mathematical symbol for infinity is ∞.
無限大的數學符號是 ∞。

finite 【形】有限的 Ⓜ

[ˋfaɪnaɪt]

▸ **fin** 結束 + **ite** 形容詞化

● 例句 ──

The world's resources are finite.
世界的資源是有限的。

---

definite 【形】明確的；肯定的 Ⓜ Ⓣ

[ˋdɛfənɪt]

▸ **de** 完全 + **fin** 結束 + **ite** 形容詞化

● 例句 ──

What is the difference between indefinite
integral and definite integral?
不定積分和定積分之間的差異是什麼？

---

refine 【動】提煉；精製 Ⓜ Ⓣ

[rɪˋfaɪn]

▸ **re** 完全地 + **fine** 精細

● 例句 ──

The oil is piped to the coast, where it is refined.
石油經油管輸送至海岸，在那裡被精煉。

---

define 【動】給～下定義 Ⓜ Ⓣ

[dɪˋfaɪn]

▸ **de** 完全地 + **fine** 結束
※**definition** 【名】定義

● 例句 ──

It is hard to define this scientific terminology.
很難去定義這個科學術語。

flame = 火、燃燒

!! ☺ **字源筆記**

　　如燃燒的火焰般鮮紅的鶴（紅鶴）= flamingo 的原義是「火焰的顏色」。「不可燃垃圾」是 nonflammable，「可燃垃圾」則用 flammable 表示。

inflammation 【名】發炎；炎症 Ⓜ Ⓣ
[ˌɪnfləˈmeʃən]

▶ **in** 在內的 + **flam** 火 + **ate** ～化 + **ion** 名詞化

inflammable【形】可燃的；易燃的 Ⓜ Ⓣ

● 例句

This medicine soothes the pain of the inflammation.
這種藥物緩解了發炎引起的疼痛。

Gasoline is highly inflammable.
汽油是極易燃的。

flame 【名】火焰 Ⓜ Ⓣ
[flem]

flame reaction 火焰色反應
※**aflame**【形】燃燒的；耀目的

● 例句 ——
Natural gas burns with a bright blue flame.
天然瓦斯燃燒時有淡藍色火焰。

inflamed 【形】發炎的；紅腫的 Ⓜ Ⓣ
[ɪnˋflemd]

▸ **in** 在內的 ＋ **flame** 火 ＋ **ed** 已完成

● 例句 ——
My gums became inflamed.
我的牙齦發炎了。

nonflammable 【形】不可燃的
[ˌnɑnˋflæməbl̩]

▸ **non** 非 ＋ **flam** 火 ＋ **able** 能夠

● 例句 ——
Asbestos is a nonflammable substance, which does
not dissolve in water.
石綿是不可燃物質，不溶於水。

conflagration 【名】大火災；衝突；災難 Ⓜ Ⓣ
[ˌkɑnfləˋgreʃən]

▸ **con** 共同 ＋ **flag** 火 ＋ **ion** 名詞化

● 例句 ——
The conflagration spread all over the city.
大火延燒整個城市。

137

(53)

flu, flux, fluct = 流動 ①

!! 😊 **字源筆記**

　　從前，人們認為流行性感冒 (influenza) 是因天體運行或寒氣，人們受其影響 (influence) 才引發的。影響者 (influencer) 是指做了對世界影響甚大的行為之人。

---

fluctuate 【動】波動；動盪 Ⓜ Ⓣ

[ˋflʌktʃʊˌet]

▸ **fluct** 流動 + **ate** ～化

fluctuation 【名】波動；動盪 Ⓜ Ⓣ

● 例句

The weather fluctuates widely in this region.
此地區的天氣變化很大。

The signal fluctuates slowly relative to the noise fluctuations.
與噪音波動相比，信號波動緩慢。

influence 【名】影響【動】影響 Ⓜ Ⓣ

[ˋɪnfluəns]

▶ **in** 進入 + **flu** 流動 + **ence** 名詞化

● 例句 ——

The tides are influenced by the moon and the sun.
潮汐受到月亮和太陽的影響。

---

affluent 【形】豐富的；富裕的 Ⓜ Ⓣ

[ˋæfluənt]

▶ **af** 朝某方的 + **flu** 流動 + **ent** 形容詞化

● 例句 ——

The land is affluent in natural resources.
這塊土地天然資源豐富。

---

fluid 【形】流動的；液態的【名】液體；水分 Ⓜ Ⓣ

[ˋfluɪd]

▶ **flu** 流動 + **id** 形容詞化
fluid dynamics 流體力學

● 例句 ——

Mercury is a fluid substance.
水銀是液態物質。

---

flood 【名】洪水【動】氾濫；淹水

[flʌd]

● 例句 ——

The town suffered the worst floods for
fifty years.
這城鎮遭遇 50 年來最嚴重的洪水。

flu, flux, fluct = 流動 ②

氟化物 (fluoride) 的由來是氟石 (fluorite)，自古以來用作礦石的助熔劑，所以 fluere 有「熔 / 融化流動」的意思。

---

fluorescent 【形】發螢光的；螢光的

[fluə`rɛsn̩t]

▶ **fluore** 流動 + **sce** 成為 + **ent** 形容詞化

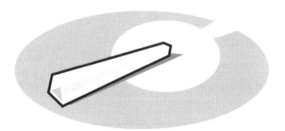

● 例句

The fluorescent light won't turn on.
日光燈打不開。

Green fluorescent protein is comprised of 238 amino acids.
綠螢光蛋白 (GFP) 是由 238 個胺基酸所組成。

effluent 【形】流出的【名】汙水；流出物 Ⓜ Ⓣ

[`ɛfluənt]

▶ **ef** 向外 + **flu** 流動 + **ent** 形容詞化

● 例句 —

Landfill leachate is a particularly difficult effluent to treat.

掩埋場滲濾液是一種特別難處理的廢水。

fluoride 【名】氟化物 Ⓣ

[`fluəˌraɪd]

▶ **fluor** 氟 + **ide** 物質

● 例句 —

A fluoride treatment makes your teeth strong.

塗氟使你的牙齒強壯。

fluorite 【名】螢石；氟石

[`fluəˌraɪt]

▶ **fluor** 氟 + **ite** 物質

● 例句 —

Fluorite is also used for industrial purposes.

螢石也被用於工業用途。

fluorocarbon 【名】碳氟化合物

[ˌfluəro`kɑrbən]

▶ **fluoro** 氟 + **carbon** 碳
⇒ 18

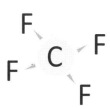

● 例句 —

To be recovered, the fluorocarbon is vaporized by heating the 2nd vessel.

為再生碳氟化合物，加熱第二個容器使其汽化。

form = 形式

　　uniform 是大家穿著一樣的「制服」，來自《uni 一個 + form 形式》。理科方面所謂的 uniform 是指「一樣的、同種的」。正式場合所穿的正式服裝叫 formal wear，也就是「正裝」。將磁碟初始化稱為 format，亦即「格式化」。

form 【動】形成；組織【名】形式；形狀 Ⓜ Ⓣ

[fɔrm]

● 例句

Ice had formed on the road when I went out.
當我出門時路上已結冰。

Around 2 billion people carry the TB infection in its latent form.
大約二十億人帶有潛伏形式的肺結核感染。

formula 【名】公式 Ⓜ Ⓣ
[ˋfɔrmjələ]

▶ **form** 形式 + **ula** 小的

※**formulate** 【動】制定；規劃；使公式化 Ⓜ Ⓣ

● 例句──

The chemical formula for water is H_2O.

水的化學式是 H_2O。

The first law of motion was formulated by Issac Newton.

第一運動定律是艾賽克‧牛頓所提出的。

transform 【動】變形；變換 Ⓜ Ⓣ
[trænsˋfɔrm]

▶ **trans** 穿過；越過 + **form** 形式

※**transformation** 【名】變形；變換；變質

● 例句──

Alternating current is transformed into low-voltage direct current in the computer.

交流電在電腦中轉變為低電壓的直流電。

perform 【動】表演；執行 Ⓜ Ⓣ
[pɚˋfɔrm]

▶ **per** 完全地 + **form** 形式

※**performance** 【名】表演；表現；性能 Ⓜ Ⓣ

● 例句──

The surgeons performed an emergency operation.

外科醫生進行了急救手術。

deformed 【形】畸形的 Ⓜ Ⓣ
[dɪˋfɔrmd]

▶ **de** 脫離 + **form** 形式 + **ed** 已完成

※**deform** 【動】變形；畸變 Ⓜ Ⓣ

※**deformation** 【名】變形；畸變

● 例句──

His left arm is congenitally deformed–it's short.

他的左臂先天畸形──它是短的。

frag, fract = 裂碎、脆弱的

　　在機場報到時，行李箱若裝有易碎品必須貼上 FRAGILE，亦即「內有易碎品」的貼紙。IT 的「片段儲存」 (fragmentation) 是指將一個檔案的數據分散儲存於磁碟裡的意思。

fracture 【名】骨折；斷裂 【動】使骨折；使斷裂 Ⓜ Ⓣ
[fræktʃɚ]

▸ **fract** 裂碎 + **ure** 名詞化

● 例句

He had a compression fracture.
他有壓迫性骨折。

He fractured both his legs in the car accident.
他在車禍意外中摔斷了雙腿。

fraction 【名】分數；片段；小部分 Ⓜ Ⓣ
[ˋfrækʃən]

▶ **fract** 裂碎 + **ion** 名詞化

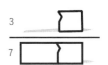

● 例句 ──

Reduce the following fraction to the lowest terms.
將下面的分數約分至最簡分數。

fragile 【形】易受傷的；脆弱的 Ⓜ Ⓣ
[ˋfrædʒəl]

▶ **frag** 裂碎 + **ile** 形容詞化

● 例句 ──

His fragile health deteriorated after he left the hospital.
他脆弱的健康在他離開醫院後惡化了。

fragment 【名】碎片；斷片【動】碎裂 Ⓜ Ⓣ
[ˋfrægmənt]

▶ **frag** 裂碎 + **ment** 名詞化
※ **fragmentation** 【名】碎片化 Ⓣ

● 例句 ──

Some glass fragments hit me when the window
was smashed.
當窗戶被擊碎時，有些玻璃碎片打中我。

refraction 【名】折射；曲折 Ⓣ
[rɪˋfrækʃən]

▶ **re** 在後面 + **fract** 裂碎 + **ion** 名詞化

● 例句 ──

This color results from the refraction of sunlight by
the Earth's atmosphere.
這個顏色是地球大氣層將陽光折射的結果。

fre, fri, fro = 寒冷的

!! 字源筆記

　　冷凍庫是 freezer。冷凍乾燥 (freeze drying) 食品是在零下 30 度左右的冷凍庫中被凍結起來，在真空狀態下乾燥化的食品。antifreeze 來自《anti 抗 + freeze 冷凍》，有「防凍劑」的意思。

frost 【名】霜 ⓣ
[frɑst]

defrost 【動】除霜 Ⓜ ⓣ
defroster 【名】除霜裝置

● 例句

We had the first frost of the season this morning.
今天早晨降下了本季第一次的霜。

He defrosted dozen noodles in the microwave.
他用微波爐解凍了許多麵條。

refrigerant 【名】冷媒；製冷劑 ⓣ
[rɪˋfrɪdʒərənt]

▶ **re** 再次 + **frig** 寒冷的 + **ant** 東西；物

※ **refrigerate** 【動】冷藏

● 例句 ——

The refrigerant in the ice maker was running low.
在製冰機中的冷媒快用完了。

---

frigid 【形】寒冷的；嚴寒的 Ⓜ ⓣ
[ˋfrɪdʒɪd]

▶ **fri** 寒冷的 + **id** 形容詞化

● 例句 ——

Many of the Frigid Zone animals are covered with heavy fur.
許多寒帶動物身上覆蓋著厚重的毛皮。

---

frostbite 【名】凍傷 ⓣ
[ˋfrɔstˌbaɪt]

▶ **frost** 霜 + **bite** 咬

● 例句 ——

Exposure to such conditions can cause frostbite in minutes.
暴露在這樣的環境下，可能在幾分鐘內就會造成凍傷。

---

permafrost 【名】永凍土層 ⓣ
[ˋpɜməˌfrɔst]

▶ **perma(nent)** 永遠的 + **frost** 霜

● 例句 ——

In North America, discontinuous permafrost is present in the Rocky Mountains.
在北美洲，不連續的永凍土層出現在洛磯山脈上。

(58)

fuse = 傾注、輸

!! 字源筆記 :)

　　fusion 是指結合各種類型的音樂，如爵士樂、搖滾樂、拉丁音樂等，也有「核融合」、「熔解」等等的意思。fuse 作為動詞是「透過加熱來熔化」的意思。

---

infuse 【動】注入 Ⓜ Ⓣ
[ɪnˋfjuz]

▸ in 在內的 + fuse 輸；注

infusion 【名】輸液；點滴 Ⓜ Ⓣ

● 例句

This soap is infused with natural fragrances.
這款香皂含有天然香氛。

A local anesthetic drug was given by infusion drip.
局部麻醉藥物是藉由輸液滴注。

transfusion 【名】輸血；注入 Ⓜ Ⓣ

[træns`fjuʒən]

▶ **trans** 越過 + **fus** 注入 + **ion** 名詞化

● 例句 ——

A blood transfusion is necessary.

輸血是必要的。

---

diffusion 【名】擴散；散播 Ⓜ Ⓣ

[dɪ`fjuʒən]

▶ **di** 脫離 + **fus** 注入 + **ion** 名詞化

※ **diffuse** 【動】擴散；散播 Ⓜ Ⓣ

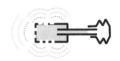

● 例句 ——

Diffusion is one of several transport phenomena
that occur in nature.

擴散是發生在自然界的輸送現象之一。

---

effuse 【動】流出；滲出；發散出 Ⓜ Ⓣ

[ɛ`fjuz]

▶ **ef** 向外 + **fuse** 注；輸

※ **effusion** 【名】流出物；積液 Ⓜ Ⓣ

● 例句 ——

The gases effuse into another container.

氣體流進另一個容器中。

---

refuse 【名】垃圾；廢棄物 【動】拒絕 Ⓜ Ⓣ

[rɪ`fjuz]

▶ **re** 返回 + **fuse** 注；輸

● 例句 ——

They are gradually developing more effective
methods of refuse disposal.

他們正在逐步研發更有效的處理垃圾方法。

gaster, gastr = 胃

!! **字源筆記**

😊　說到英國的美食酒吧 gastropub，就是保有酒吧輕鬆隨和的氛圍，卻能享受高級美食和美酒的新式酒吧，這個詞是「gastronomy 美食 + pub 酒吧」的複合詞。gastro 來自希臘文 gaster，是「胃」的意思。

---

gastric【形】胃的
[ˋgæstrɪk]

▸ **gastr** 胃 + **ic** ～的

● 例句

That medicine reduces gastric acid.
那種藥物能降低胃酸。

I was diagnosed with a gastric ulcer.
我被診斷出有胃潰瘍。

gastroscope【名】胃鏡

[`gæstrə,skop]

▸ **gastr** 胃 + **scope** 觀看
⇒139

● 例句 ——

A gastroscope was inserted into his stomach.
胃鏡被插入他的胃中。

gastritis【名】胃炎 Ⓜ

[gæs`traɪtɪs]

▸ **gastr** 胃 + **itis** 炎症

● 例句 ——

Gastritis is an inflammation of the lining of the stomach, which has many possible causes.
胃炎是胃壁的炎症，有許多可能的原因。

gastrotomy【名】胃切開術

[gæs`trɑtəmɪ]

▸ **gastr** 胃 + **tom** 切 + **y** 名詞化
⇒161

● 例句 ——

Gastrotomy is a major surgical procedure of endoscopy.
胃切開術是內視鏡檢查的重要手術程序。

gastroptosis【名】胃下垂

[gæstrɑp`tousɪs]

▸ **gastr** 胃 + **pto** 落下 + **osis** 症狀

● 例句 ——

Gastroptosis frequently causes digestive symptoms and constipation, and is much more prominent in women than men.
胃下垂經常引起消化道症狀及便秘，女性比男性更明顯。

gen(e) = 種子、出生 ①

　　gene 就是「基因」，這個字的由來為希臘文 genea（意指「世代」），是 20 世紀的丹麥科學家威廉 ‧ 約翰森所造之詞。

gene【名】基因；遺傳因子 Ⓜ Ⓣ
[dʒin]
genetic【形】基因的；遺傳的 Ⓜ Ⓣ
genetics【名】遺傳學 Ⓜ Ⓣ

● 例句

The gene is activated by a specific protein.
這個基因被特定的蛋白質所活化。

Genetic engineering will probably mark the threshold of a new era of life science.
遺傳工程將很可能標記著生命科學新時代的開端。

transgene 【名】轉（殖）基因

[ˋtræns͵dʒin]

▸ **trans** 穿過；越過 + **gene** 基因

※**transgenic** 【形】轉基因的

● 例句 ——

Animals carrying a transgene are called transgenic animals.

攜帶轉基因的動物被稱為轉基因動物。

---

genesis 【名】創世紀；起源；發生 ⓣ

[ˋdʒɛnəsɪs]

▸ **gene** 出生 + **sis** 名詞化

● 例句 ——

The professor specializes in the genesis of the Earth's magnetism.

這位教授專研地球磁場的起源。

---

progeny 【名】後代 ⓣ

[ˋprɑdʒənɪ]

▸ **pro** 向前 + **gen** 出生 + **y** 名詞化

● 例句 ——

The small plants are the progeny of an oak tree.

這株小植物是橡樹的後代。

---

pathogen 【名】病原體 Ⓜ ⓣ

[ˋpæθədʒən]

▸ **path** 感受；疾病 + **gen** 種子
⇒117

● 例句 ——

Cryptosporidium is the second most common pathogen causing calf diarrhea.

隱孢子蟲是導致小牛痢疾的第二大常見病原體。

gen(e) = 種子、出生 ②

☺ 　　engine 是汽車產生動力的裝置,即汽車的「引擎」。而 engineer 是製造引擎的「工程師」。孩子與父母或祖父母等世代之間因行為或思考方式差異而產生的 generation gap 就是所謂「代溝」。generation 是「創造出來的東西」。generic drug 是「學名藥」,指專利到期、可由其他廠商生產的藥物,其 generic 有「一般的」之意。

generate 【動】產生;發生 Ⓜ Ⓣ
[`dʒɛnə,ret]

▶ **gene** 種子 + **ate** 成為

generation 【名】世代;產生 Ⓜ Ⓣ
generator 【名】發電機;產生器 Ⓣ

● 例句

France generates a large part of its electricity from nuclear power.
法國大部分的電力來自核能發電。

What is a renewable resource used for the generation of electricity?
被用來發電的再生資源是什麼?

regenerate 【動】再生 Ⓜ Ⓣ

[rɪ`dʒɛnərɪt]

▶ re 再次 + gene 種子 + ate 成為

※**regenerative**【形】再生的；更新的

● 例句 ——

Given time, the forest will regenerate itself.

假以時日，森林將會自行再生。

---

degenerate 【動】惡化；退化；腐朽 Ⓜ Ⓣ

[dɪ`dʒɛnə,ret]

▶ de 脫離 + gene 種子 + ate 成為

degenerative【形】退化的；變質的 Ⓜ Ⓣ

degeneration【名】退化；腐朽 Ⓜ Ⓣ

● 例句 ——

Flowers, if left uncultivated, degenerate into weeds.

花若不栽培，就會退化變成野草。

---

engineering 【名】工程學 Ⓜ Ⓣ

[ˌɛndʒə`nɪrɪŋ]

▶ engine 引擎 + er 人 + ing 做～

● 例句 ——

Her major is human engineering.

她的主修是人因工程。

---

congenital 【形】先天的 Ⓜ Ⓣ

[kən`dʒɛnətḷ]

▶ con 共同 + gen 出生 + ital 形容詞化

● 例句 ——

The data showed that congenital cataracts are common in Cambodia.

數據顯示，先天性白內障在柬埔寨很常見。

gen(e) = 種子、出生 ③

　　genome 是「基因組」，乃生物體內遺傳物質的總稱。genius 是「天才」，來自「與生俱有的才能」。阿拉丁裡登場的神燈精靈 genie 與「魔神、妖精」有同樣的語源。genial 來自人的本性而有「親切的」之意。genuine 是「真品的、真純的、純粹的」，genuine parts 是「原裝配件」，gender 則是「性別」的意思。

generalized 【形】全身的；廣義的；普遍的 Ⓜ Ⓣ
[`dʒɛnərəl͵aɪzd]

▶ **gene** 種子 + **al** 形容詞化 + **ize** 成為 + **ed** 已完成

generalize【動】一般化；使普及；推論 Ⓜ Ⓣ
general【形】一般的 Ⓜ Ⓣ

● 例句

Fibromyalgia is a common, chronic, generalized pain syndrome of unknown origin.
纖維肌痛症是一種常見的、慢性的、原因不明的全身性疼痛綜合症。

We should not generalize from inadequate evidence.
我們不應該將證據不足的事物一概而論。

heterogeneous 【形】異質的；由不同成分
[ˌhɛtərəˋdʒinɪəs]　　　　　組成的 Ⓜ Ⓣ

▸ **hetero** 其他的 + **gene** 種子 + **ous** 形容詞化

● 例句 ——
The U.S. has a very heterogeneous population.
美國的人口結構非常多樣化。

homogeneous 【形】同質的；同種的；均質的 Ⓜ Ⓣ
[ˌhoməˋdʒinɪəs]

▸ **home** 相同的 + **gene** 種子 + **ous** 形容詞化

● 例句 ——
Gently invert the infusion bag to obtain a
homogeneous solution.
輕輕地將輸液袋上下顛倒以便得到均質的溶液。

monogenetic 【形】無性生殖的
[ˌmɑnədʒəˋnɛtɪk]

▸ **mono** 單一 + **gene** 種子 + **tic** ～的

● 例句 ——
Higashi Izu monogenetic volcanic field is located in
the Izu Peninsula.
伊東市單成火山場是位於伊豆半島上。

polygenetic 【形】多因的；多源的
[ˌpɑlidʒəˋnɛtɪk]

▸ **poly** 很多 + **gene** 種子 + **tic** ～的
　　⇒128

● 例句 ——
A polygenetic volcano is one which erupts many times,
mainly from the same vent.
複成火山是指主要從相同的火山口多次噴發的火山。

geo = 地球、土地

geometry 是數學領域中針對圖形和空間的性質進行研究的「幾何學」，來自《geo 土地 + metry 測量》。geo 源自希臘文的「地球」。國家地理 (National Geographic) 簡寫成 NGC，旗下有出版科學雜誌和專業頻道。

geography 【名】地理（學）Ⓜ Ⓣ
[ˋdʒɪˋɑgrəfɪ]

▸ **geo** 地球；土地 + **graph** 寫 + **y** 名詞化

geographical 【形】地理（學）的 Ⓜ Ⓣ

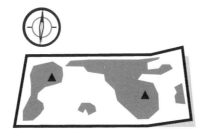

● 例句

I don't know much about the geography of this area.
我對這個地區的地理所知不多。

One major geographical feature of Japan is its insularity.
日本的主要地理特徵是它的島國性質。

geology 【名】地質學 Ⓜ Ⓣ
[dʒɪˋɑlədʒɪ]

▸ **geo** 地球；土地 + **logy** 學問

※ **geological**【形】地質學的；地質的 Ⓜ Ⓣ

● 例句 ——

I studied geology at college.
我在大學讀地質學。

---

geometry 【名】幾何學 Ⓣ
[dʒɪˋɑmətrɪ]

▸ **geo** 地球；土地 + **meter** 測量 + **y** 名詞化
⇒94

※ **geometric**【形】幾何學的 (= geometrical) Ⓣ

● 例句 ——

The Greeks made theoretical models of geometry.
希臘人建立了幾何學的理論模型。

---

geochemistry 【名】地球化學
[͵dʒɪoˋkɛməstrɪ]

▸ **geo** 地球；土地 + **chemistry** 化學
⇒24

● 例句 ——

She is a geochemistry professor.
她是一位地球化學教授。

---

geophysics 【名】地球物理學
[͵dʒɪoˋfɪzɪks]

▸ **geo** 地球；土地 + **physics** 物理學
⇒125

● 例句 ——

I'm studying how to apply geophysics to environmental problems.
我正在研究如何將地球物理學應用於環境問題。

glyco, gluco(s) = 糖

!! 字源筆記

☺　　　glycogen 就是「肝糖」，儲存於肝臟和肌肉中，能轉換成葡萄糖作為能量來源發揮重要作用。江崎格力高 (Glico) 的網站上寫著「把營養的糖分變得好吃、好入口的『格力高』」。(*「江崎格力高」也可以譯為「江崎 Glico」、「江崎固力果」，是日本知名的食品企業。)

---

glycogen 【名】糖原；肝糖

[`glaɪkodʒən]

▸ **glycol** 糖 + **gen** 種子；出生

glycogenesis 【名】糖原生成；肝糖合成

● 例句

Glycogen is the source of energy most often used for exercise.
肝糖是最常用於運動的能量來源。

Glycogenesis is stimulated by the hormone insulin.
糖原受胰島素刺激而生成。

glycolipid 【名】醣脂

[ˌglaɪkəˈlɪpɪd]

▶ **glyco** 糖 + **lip** 脂肪 + **ide** 物質
⇒82

● 例句 ——

Glycolipids are fats that have attached carbohydrate groups, called glycans.

醣脂是附著在碳水化合物上的脂肪，稱為聚醣。

---

glycosuria 【名】糖尿

[ˌglaɪkoˈsjʊrɪə]

▶ **glycos** 糖 + **uri** 尿 + **ia** 症狀
⇒166

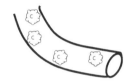

● 例句 ——

The most common symptoms of glycosuria are abdominal pain, thirst, and high blood sugar.

醣尿最常見的症狀是腹痛、口渴及高血糖。

---

glucose 【名】葡萄糖 Ⓜ Ⓣ

[ˈglukos]

▶ **gluco** 糖 + **ose** 含糖物質（來自於希臘語的「甜酒」）

● 例句 ——

Glucose is a major source of energy for most cells of the body, including those in the brain.

葡萄糖是身體大多數細胞（包括腦部細胞）的主要能量來源。

---

glucosamine 【名】葡萄糖胺

[gluˈkɑsəˌmin]

▶ **glucos** 糖 + **amine** 氨基酸

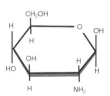

● 例句 ——

Glucosamine is a natural compound that is found in healthy cartilage.

葡萄糖胺是一種存在於健康軟骨中的天然化合物。

grad, gress = 步、階、時期、行走

grade 是「成績」，有「等級、階段、階級」等意思，來自拉丁文 gradus，表示「階段」。upgrade 是「升級」，意即升高等級或階級。gradation 是「漸變」，指顏色逐漸地變化。graduation 是「畢業」，來自《grad 階段 + ate 動詞化 + ion 名詞化》，有「刻度」的意思。

progress 【名】進步 [`prɑgrɛs]
【動】進步；前進 [prəˋgrɛs] Ⓜ Ⓣ

▶ pro 向前 + gress 步；階

progressive【形】前進的；逐漸的 Ⓜ Ⓣ
progression【名】連續；前進；級數

● 例句

Any progress in cancer research may help to save lives.
任何癌症研究方面的進步都可能挽救生命。

Alzhelmer's disease is a progressive brain disorder.
阿茲海默症是一種漸進式的大腦疾病。

degree 【名】程度；度（數）；學位 Ⓜ Ⓣ

[dɪ`gri]

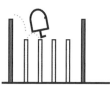

▸ **de** 下 + **gree** 步；階

● 例句 ——

The temperature dropped to five degree Centigrade.

溫度下降至攝氏 5 度。

gradually 【副】逐漸地 Ⓜ Ⓣ

[`grædʒʊəlɪ]

▸ **grad** 步；階 + **al** 形容詞化 + **ly** 副詞化

● 例句 ——

The climate is gradually becoming drier and warmer.

氣候逐漸變得乾燥和溫暖。

degrade 【動】降級；降低；變糟 Ⓜ Ⓣ

[dɪ`gred]

▸ **de** 向下 + **grade** 步；階

※ **degradation** 【名】退化；分解 Ⓜ Ⓣ

※ **degradable** 【形】可分解的；可降低的 Ⓜ Ⓣ

biodegradable plastic 可生物降解塑膠

● 例句 ——

Erosion is degrading the land.

侵蝕正在使土地變糟。

regress 【動】後退 Ⓜ Ⓣ

[`rigrɛs]

▸ **re** 回；向後 + **gress** 步；階

※ **regression** 【名】後退；逆行；回歸；退步 Ⓜ Ⓣ

regression analysis 回歸分析（統計學）

● 例句 ——

The tumors regressed and then they appeared to stabilize.

腫瘤變小了，然後似乎穩定下來。

graph, gram = 寫、畫

telegram 或 telegraph 都是「電報」，意指對遠處的 (tele) 人寫下訊息 (gram, graph)。火車的鐵路運行圖是 diagram，記錄從首班車到末班車的時間《dia 通過 + gram 寫下》。pictogram 則是「圖示」。

graph 【名】圖表 Ⓜ Ⓣ
[`ɡræf]

graphic 【形】圖表的 Ⓜ Ⓣ

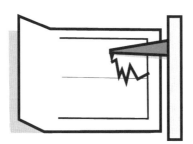

● 例句

When smaller changes exist, line graphs are better to use than bar graphs.
當存在較小的變化時，折線圖比條狀圖更好用。

This shows a graphic representation of the migratory habits of swallows.
這是燕子遷徙習慣的圖示表示。

radiograph 【名】 X 光照片 Ⓜ
[ˈredɪoˌɡræf]

▶ **radio** 放射線 + **graph** 畫
　　⇒133

● 例句 ——

The radiograph shows that there is still one stone present.
X 光片顯示仍有一顆石頭。

diagram 【名】 圖表；圖解；圖示 Ⓜ Ⓣ
[ˈdaɪəˌɡræm]

▶ **dia** 通過；透過 + **gram** 畫

● 例句 ——

The tree diagram shows the probabilities
associated with events A and B.
此樹狀圖顯示出與事件 A 和 B 相關的概率。

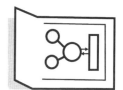

micrograph 【名】 顯微圖片；照片【動】以顯微鏡攝影
[ˈmaɪkrəˌɡræf]

▶ **micro** 微小的 + **graph** 畫
　　⇒95

● 例句 ——

The specimen was micrographed with a
transmission electron microscope.
這個標本是以穿透式電子顯微鏡攝影。

histogram 【名】 柱狀圖
[ˈhɪstəˌɡræm]

▶ **(hi)sto** 站立 + **gram** 畫
　　⇒148～149

● 例句 ——

A histogram is a graphic display of data using
bars of different heights.
柱狀圖是一種利用不同高度的長方條來顯示數據的圖示。

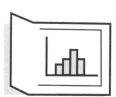

hemo = 血液

　　hemoglobin 是大量存在於紅血球中的「血紅素」，字源為《hemo 血液 + globin 球》。hemophilia 是「血友病」，字源為《hemo 血液 + philia 親〜》。⇒ 請參照 122 的 philia。

---

hemorrhage 【名】大出血 Ⓜ

[ˋhɛmərɪdʒ]

▶ **hemo** 血 + **rhage** 流出；破裂

● 例句

He died of a cerebral hemorrhage.
他死於腦出血。

He died of subarachnoid hemorrhage at the age of 50.
他在 50 歲時死於蜘蛛網膜下腔出血（出血性中風）。

hemostat 【名】止血劑；止血鉗

[ˋhiməˌstæt]

▸ **hemo** 血 + **stat** 靜止；固定
⇒148~149

● 例句 ——

A small hemostat was used to pull the buried catheter out.
一個小止血鉗被用來將埋入的導管拉出。

hemostasis 【名】止血

[ˌhiməˋstesɪs]

▸ **hemo** 血 + **sta** 靜止；固定 + **sis** 狀態
⇒148~149

● 例句 ——

Hemostasis was achieved with hemostatic forceps as a rescue therapy.
用止血鉗達成止血作為搶救治療。

hemorrhoid 【名】痔

[ˌhɛməˋrɔɪd]

▸ **hemo** 血 + **rhoid** 流出

● 例句 ——

My hemorrhoid problem has gotten worse.
我的痔瘡惡化了。

hemorrhoidectomy 【名】痔切除術

[ˌhɛmərɔɪˋdɛktəmɪ]

▸ **hemorrhoid** 痔 + **ect** 外面 +
  tom 切割 + **y** 名詞化
  ⇒161

● 例句 ——

Surgical hemorrhoidectomy is the most effective treatment for hemorrhoids.
外科的痔切除術是最有效的痔瘡治療方式。

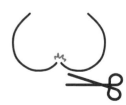

hepat = 肝臟

　　日本製藥公司 hepalyse 來自《hepa 肝臟 + lyse 分解》，意思是「肝臟水解物」。「肝臟」的日常英文是 liver。

---

hepatitis 【名】肝炎

[ˌhɛpəˋtaɪtɪs]

▶ **hepat** 肝臟 + **itis** 炎症

hepatic 【形】肝臟的

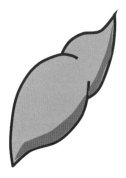

● 例句

Hepatitis, an infectious liver disease, is more contagious than HIV.
肝炎，一種會傳染的肝病，比愛滋病毒更具傳染性。

The hepatic duct is a small tube in the liver that carries bile to the small intestine.
肝導管是肝臟裡一根將膽汁輸送到小腸的小管子。

hepatocyte 【名】肝細胞

[`hɛpətə‚saɪt]

▸ **hepato** 肝臟 + **cyte** 細胞

● 例句 ——

Roughly 80% of the mass of the liver is contributed by hepatocytes.

大約 80% 的肝臟質量是由肝細胞所組成。

hepatocellular 【形】肝細胞的

[hɛpətoʊ`sɛljʊlə]

▸ **hepato** 肝臟 + **cellular** 細胞的
⇒ 20

● 例句 ——

Hepatocellular carcinoma is relatively rare in the U.S. and other Western countries.

肝細胞癌在美國及其他西方國家相對罕見。

hepatoma 【名】肝癌

[‚hɛpə`tomə]

▸ **hepato** 肝臟 + **oma** 腫瘤

● 例句 ——

Hepatoma is one of the most common cancers in the world.

肝癌是世界上最常見的癌症之一。

hepatocirrhosis 【名】肝硬化

[hɛpətoʊsɪ`roʊsɪs]

▸ **hepato** 肝臟 + **cirrho** 黃褐色的 + **osis** 症狀

● 例句 ——

Hepatocirrhosis is a chronic progressing condition caused by damage to hepatocytes.

肝硬化是一種由肝臟細胞受損所引起的慢性進展性疾病。

hydro = 水

　　水的化學式是 H$_2$O，H 是取用 hydrogen 的首字母。
hydro 在拉丁文中是「水」的意思，gen 是「產生」的意思。
hydrangea 是「繡球花」，來自《hydro 水 + angea 容器》。
hydrodynamics 是「流體動力學」，hydrostatic pressure 則
是「靜水壓」。

hydraulic 【形】液壓的；水力的 Ⓣ

[haɪˋdrɔlɪk]

▶ **hydro** 水 + **aulo** 管 + **ic** ～的

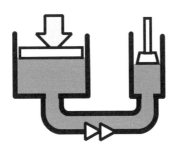

● 例句

Many hydraulic power plants are being built in this country.
這個國家正在建造許多水力發電廠。

The company started to use hydraulic brakes in 1939.
該公司從 1939 年開始使用液壓煞車。

hydrate 【動】補充水【名】水合物 Ⓜ Ⓣ
[ˋhaɪdret]

▸ **hydro** 水 + **ate** 成為

※**hydration**【名】水合（作用）；水化（作用）Ⓜ Ⓣ

● 例句 ——
After you run, drink plenty of water to stay well hydrated.
跑步後，喝大量的水以保持水分充足。

dehydrate 【動】脫水；使乾燥化 Ⓜ Ⓣ
[diˋhaɪˌdret]

▸ **de** 脫離 + **hydro** 水 + **ate** 成為

● 例句 ——
High temperatures make people dehydrate very quickly.
高溫會使人們快速脫水。

hydrogen 【名】氫 Ⓣ
[ˋhaɪdrədʒən]

▸ **hydro** 水 + **gen** 產生 → 產生水
⇒60~62

● 例句 ——
China exploded its first hydrogen bomb in western China in 1967.
1967 年時，中國在其西部引爆了第一顆氫彈。

hydroelectric 【形】水力發電的 Ⓣ
[ˌhaɪdroɪˋlɛktrɪk]

▸ **hydro** 水 + **electr** 電 + **ic** ～的
⇒43

● 例句 ——
The hydroelectric plant needs to generate more electricity.
水力發電廠需要產生更多電力。

immuno = 免疫

字源筆記

來自希臘文 immun，是「免除兵役」的意思。AIDS (= acquired immunodeficiency syndrome) 是「後天免疫缺乏症候群」。

immune 【形】免疫的 Ⓜ Ⓣ

[ɪˋmjun]

immunity 【名】免疫（力）Ⓜ Ⓣ
immune system 免疫系統 Ⓜ Ⓣ

● 例句

Adults are often immune to rubella.
成人通常對風疹免疫。

This vaccine will give you immunity for two years.
這種疫苗將帶給你兩年的免疫力。

immunization 【名】免疫；接種疫苗 Ⓜ Ⓣ
[ˌɪmjənəˋzeʃən]

▸ **immune** 免疫的 + **ize** 成為 + **tion** 名詞化

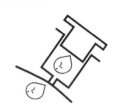

● 例句 ——
Where did you get your immunization shot?
你在哪裡接種的疫苗？

---

immunology 【名】免疫學 Ⓜ Ⓣ
[ˌɪmjəˋnɑlədʒɪ]

▸ **immuno** 免疫的 + **logy** 學問

● 例句 ——
She is an expert on immunology.
她是免疫學專家。

---

immunotherapy 【名】免疫療法 Ⓜ
[ɪˋmjənoˋθɛrəpɪ]

▸ **immuno** 免疫的 + **therapy** 治療

● 例句 ——
Immunotherapy is a well-established treatment
for certain severe allergies.
免疫療法是針對某些嚴重過敏的成熟療法。

---

autoimmunity 【名】自體免疫 Ⓜ
[ˌɔtoˋmjunɪtɪ]

▸ **auto** 自己 + **immune** 免疫的 + **ity** 名詞化

● 例句 ——
Autoimmunity is a result of the immune
system's confusion.
自體免疫是免疫系統混亂的結果。

intest, entero = 腸

!! 😊 **字源筆記**

　　意指「腸子」的 intestine 是由原始印歐語有「內部」之意的 entos 演變成拉丁文 intus，甚至有形容詞 intestinus 等變化，而有了「腸子」的意思。enter 有「進入～」的意思，跟表「～之間」的字首 inter 來自同一語源。

intestine 【名】腸 Ⓜ Ⓣ

[ɪnˋtɛstɪn]

▸ **intest** 在內部 + **ine** 名詞化

intestinal【形】腸的

● 例句

The large intestine absorbs water.
大腸吸收水分。

Intestinal parasites could cure us of bowel diseases.
腸道的寄生蟲能治癒我們的腸道疾病。

enteric【形】腸內的

[ɛn`tɛrɪk]

▸ **enter** 腸 + **ic** ～的

● 例句 ——

He died of enteric fever.
他死於腸熱症。

---

enterobacteria【名】腸桿菌

[ɛntərəubæk`tɪərɪə]

▸ **entero** 腸 + **bacteria** 細菌

● 例句 ——

He detected enterobacteria in pig feces.
他在豬糞便中檢測到腸桿菌。

---

enterotoxin【名】腸毒素

[ˌɛntərou`tɔksɪn]

▸ **entero** 腸 + **toxin** 毒素
　　　　　　　　　⇒162

● 例句 ——

If it acts as an enterotoxin, diarrhea will occur.
如果它作為腸毒素起作用，就會發生腹瀉。

---

gastroenteritis【名】胃腸炎 Ⓜ Ⓣ

[ˌɡæstrouˌɛntə`raɪtɪs]

▸ **gastro** 胃 + **enter** 腸 + **itis** 炎症
　　　　⇒59

● 例句 ——

Gastroenteritis is a mild illness caused by a
viral infection.
胃腸炎是一種病毒感染所引起的輕微疾病。

ion = 走、繼續前進

☺　　ion 是溶於水中就會帶電的「離子」，ion 這個字源於希臘文，意思是「前往、前進」。「負離子」的正確英文是 anion 而非 minus ion。

---

ion【名】離子 ⓣ

[ˋaɪən]

▶ 源自於拉丁‧希臘文中的「走；前進」的意思。

ionic【形】離子的 ⓣ

● 例句

Ions can be created by both chemical and physical means.
離子能藉由化學及物理的方法產生。

Ionic bond is a bond formed by the attraction between two oppositely charged ions.
離子鍵是由兩個帶相反電荷的離子之間互相吸引所形成的鍵。

anion 【名】陰離子 ⓣ

[`æn͵aɪən]

▶ **an** 否定；負 + **ion** 離子

● 例句 ——

The hydrogen anion is an important constituent of the atmosphere of stars, such as the Sun.
氫負離子是許多恆星大氣的重要組成成分，例如太陽。

cation 【名】陽離子 ⓣ

[`kætaɪən]

▶ **cata** 在下 + **ion** 離子

cation electrodeposition coating
陽離子電沉積塗層

● 例句 ——

Cation exchange is of importance in the natural environment.
陽離子交換在大自然環境中很重要。

ionosphere 【名】電離層；游離層

[aɪ`ɑnəsfɪr]

▶ **ion** 離子 + **sphere** 球體
 ⇒146

● 例句 ——

The ionosphere represents less than 0.1% of the total mass of the Earth's atmosphere.
電離層佔地球大氣總量的不到百分之 0.1。

ionize 【動】離子化；電離 ⓣ

[`aɪən͵aɪz]

▶ **ion** 離子 + **ize** 成為

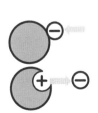

※**ionization** 【名】離子化；游離

● 例句 ——

It is common technical knowledge that iron has a higher tendency to ionize than copper.
鐵比銅有更高的電離傾向是很普通的技術知識。

kerato = 角

cerebrum 是「大腦」，此字的 cer 衍生自原始印歐語中表示「頭」和「角」的 ker，ker 以原型流傳下來的便是 kerato。

---

keratin 【名】角蛋白；角質

[`kɛrətɪn]

▶ **kerat** 角 + **in** 物質

keratinous 【形】角蛋白的；角質的

● 例句

Keratin is the major protein in hair and nails.
角蛋白是頭髮和指甲中的主要蛋白質。

Keratinous waste mainly emanates from the poultry and leather industries.
角質的廢物主要產生自家禽及皮革產業。

keratoderma 【名】皮膚角化症

[kerətəuˋdɜmə]

▸ **kerato** 角 + **derma** 皮膚
⇒39

● 例句 ——
Acquired palmoplantar keratoderma is more
likely to present in adulthood.
後天性的掌蹠角化病更可能出現在成年時期。

---

keratitis 【名】角膜炎

[͵kɛrəˋtaɪtɪs]

▸ **kerat** 角 + **itis** 炎症

● 例句 ——
My poor eyesight results from keratitis.
我的視力不好是因為角膜炎。

---

keratoma 【名】角質瘤

[͵kerəˋtəumə]

▸ **kerat** 角 + **oma** 腫瘤

● 例句 ——
Histopathology revealed the mass to be a keratoma.
組織病理學顯示這塊狀物是角質瘤。

---

keratoplasty 【名】眼角膜移植術

[ˋkɛrəto͵plæstɪ]

▸ **kerato** 角 + **plasty** 形成；塑形

● 例句 ——
Penetrating keratoplasty is the most common
type of corneal transplant.
全層角膜移植手術是最常見的角膜移植類型。

kine(sis) = 運動

😊　　telekinesis 就是所謂的「念力」，字源為《tele 從遠處 + kinesis 運動》，意指「用意念移動物體的能力」。cytokinesis 是指「細胞質分裂」，來自希臘文《cyto 細胞 + kinesis 運動》。「電影」的 cinema 過去的拼法是 kinema，原義是「動畫」。

kinetic【形】動力學的；運動的 ⓣ

[kɪˋnɛtɪk]

▸ **kine** 運動 + **tic** ～的

kinetics【名】運動力學 ⓣ
kinesis【名】運動

● 例句

We can increase kinetic energy by increasing either mass or velocity.
我們能藉由增加質量或速度來增加動能。

Chemical kinetics is the study of rates of chemical reactions.
化學動力學是對化學反應速率的研究。

kinematics 【名】運動學

[ˌkɪnəˋmætɪks]

▶ **kine** 運動 + **ics** 學問

※ **kinematic**【形】運動學的 Ⓣ

※ **kinematically**【副】運動學地

● 例句 ——
Kinematics is a science that studies the motion of bodies.
運動學是一門研究物體運動的科學。

hypokinesis 【名】運動功能減退

[ˌhaɪpoʊkɪˋnisɪs]

▶ **hypo** 低；下 + **kinesis** 運動

● 例句 ——
Hypokinesis or akinesis occurs in the mid- and apical segments of the left ventricle.
運動功能減退或運動失能發生在左心室中段或心尖段。

kinesiology 【名】運動生理學

[kɪˌnisɪˋɑlədʒɪ]

▶ **kine** 運動 + **physiology** 生理學

● 例句 ——
He is a professor of kinesiology at London University.
他是倫敦大學的運動生理學教授。

hyperkinesia 【名】運動機能亢進

[ˌhaɪpəkɪˋniʒə]

▶ **hyper** 上；超 + **kine** 運動 + **sia** 症狀

● 例句 ——
Hyperkinesia occurs in a variety of diseases including Huntington's and Parkinson's.
運動機能亢進出現在各種疾病，包括亨丁頓舞蹈症和帕金森氏症。

lact(o), galact(o) = 乳

!! 字源筆記 😊

　　「銀河」或「天河」稱為 Milky Way，但正式名稱是 Galaxy。galaxy 的由來是希臘文「乳白色的路」。在日本，乳固形物高於 3% 的冷凍甜點稱為 lacto ice，lacto 來自拉丁文，就是「乳」的意思。

---

galactic 【形】乳的；銀河的；星系的 Ⓜ Ⓣ
[gə`læktɪk]

▶ **galac** 乳；銀河 + **ic** ～的

galaxy 【名】銀河；星系 Ⓜ Ⓣ

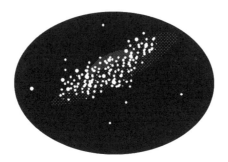

● 例句

Galactic astronomy is the study of the Milky Way.
銀河天文學是對銀河系的研究。

How many galaxies are there in the universe?
在這個宇宙中有多少個星系？

lactic 【形】乳（汁）的 Ⓜ Ⓣ

[`læktɪk]

▸ **lact** 乳 + **ic** ～的

● 例句 ——

I'm tired because my lactic acid is accumulating.
因為乳酸正在堆積，我很疲倦。

---

galactose 【名】半乳糖 Ⓜ Ⓣ

[gə`læktos]

▸ **galact** 乳 + **ose** 含糖物質

※ **lactose** 【名】乳糖 Ⓜ Ⓣ

● 例句 ——

Galactose is a type of sugar found in dairy products and sugar cane.
半乳糖是一種存在於乳製品和蔗糖中的糖。

---

lactobacillus 【名】乳酸（桿）菌

[ˌlæktobə`sɪləs]

▸ **lacto** 乳 + **bacillus** 桿菌

● 例句 ——

Lactobacillus is a bacterium normally found in the mouth, intestinal tract, and vagina.
乳酸桿菌是一種常見於口腔、腸道和陰道中的細菌。

---

lactorrhea 【名】溢乳；乳漏

[ˌlækto`rɪə]

▸ **lacto** 乳 + **rrhea** 流出

● 例句 ——

The most common pathologic cause of lactorrhea is a pituitary tumor.
乳漏症最常見的病理因素是腦下垂體瘤。

late(r) = 側、邊、藏

　　latitude 即「緯度」，是以赤道為 0 度，與其平行遍布南北並橫向劃分地球的尺度，來自拉丁語 latus，表示 side（側面）。unilateral 來自《uni 1 個 + later 側面 + al 形容詞化》，是「單向的」。equilateral 是《equi 相等的 + lateral 側面的》，而 equilateral triangle 是「正三角形」。multilateral 來自《multi 複數的 + lateral 側面的》，有「多邊的」之意。ALS (amyotrophic lateral sclerosis) 是「肌萎縮性脊髓側索硬化症」。

latent【形】潛在的；潛伏的 Ⓜ Ⓣ

[ˋletn̩t]

▶ late 藏 + ent 形容詞化

latency【名】潛在性；潛伏期

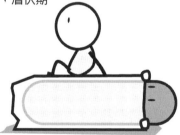

● 例句

The disease has a long latent period.
這種病有很長的潛伏期。

What is the latency period of this virus?
這種病毒的潛伏期是多久？

lateral 【形】旁邊的；橫的；側面的 Ⓜ Ⓣ

[ˋlætərəl]

▸ **later** 邊；側 **+ al** 形容詞化

lateral load 橫向負載

● 例句 ——

He had a lateral malleolus fracture.

他外側踝骨骨折。

---

bilateral 【形】雙邊的；兩側的 Ⓜ Ⓣ

[baɪˋlætərəl]

▸ **bi** 2 **+ later** 側；邊 **+ al** 形容詞化

● 例句 ——

I have bilateral coloboma of the iris and retina.

我的兩眼虹膜和視網膜有缺損。

---

collateral 【形】平行的；附屬的；旁系的；副的 Ⓣ

[kəˋlætərəl]

▸ **co** 共同 **+ later** 側；邊 **+ al** 形容詞化

● 例句 ——

Collateral circulation can be visualized on coronary angiography.

在冠狀動脈造影上可以顯現側枝循環。

---

latitude 【名】緯度；範圍 Ⓜ Ⓣ

[ˋlætəˌtjud]

▸ **lat** 側；邊 **+ tude** 名詞化

● 例句 ——

That part of the United States is on the same latitude as Hokkaido.

美國的那個地區和北海道緯度相同。

lax, lyse = 放鬆、放寬、解開 ①

!! **字源筆記** ☺

　　relax 就是解放身體的緊張感，來自《re 再次 + lax 放鬆》。「發行」CD 的 release 來自《re 向著原點 + lease 放鬆》，含有將緊張、疼痛、固定住的東西、訊息等「解開」、「放出」、「公開」之意。

---

release 【動】釋放；排出【名】釋出；排放 Ⓜ Ⓣ

[rɪˋlis]

▸ **re** 再次 + **lease** 放鬆

● 例句

Carbon stored in trees is released as carbon dioxide.
儲存在樹木中的碳以二氧化碳的形式排出。

There was an accidental release of toxic waste.
發生了一起有毒廢棄物意外排放事故。

relax 【動】放鬆；鬆弛 Ⓜ Ⓣ
[rɪˋlæks]
▶ re 再次 + lax 放鬆
※**relaxation**【名】放鬆；鬆弛 Ⓜ Ⓣ

● 例句 ——
Gentle exercise can relax stiff shoulder muscles.
溫和的運動能放鬆僵硬的肩膀肌肉。

laxative 【名】瀉藥【形】緩瀉的
[ˋlæksətɪv]
▶ lax 解開 + ive 形容詞化
※**lax**【形】鬆弛的；寬鬆的 Ⓜ Ⓣ

● 例句 ——
Coconut milk is a natural laxative.
椰奶是天然的瀉藥。

hydrolysis 【名】水解 Ⓜ Ⓣ
[haɪˋdrɑləsɪs]
▶ **hydro** 水 + **ly** 解開 + **sis** 名詞化
　　　⇒69

● 例句 ——
Hydrolysis means the cleavage of chemical bonds
by the addition of water.
水解是指藉由加水而使化學鍵分裂。

cytolysis 【名】細胞溶解
[saɪˋtɑləsɪs]
▶ **cyto** 細胞 + **ly** 解開 + **sis** 名詞化

● 例句 ——
Cytolysis is cell death that occurs because of a
rupture in the cell's membrane.
細胞溶解是由於細胞膜破裂而發生的細胞死亡。

lax, lyse = 放鬆、放寬、解開 ②

> **字源筆記**
>
> 因為過敏原等物質進入體內，各個內臟或全身出現過敏症狀，其中 anaphylaxis 是會危及性命的「過敏性休克」，字源為《ana 全部 + phy 身體 + lax 放鬆 + is 名詞化》。

analyze【動】分析 Ⓜ Ⓣ
[ˈænl͵aɪz]

▸ **ana** 上 + **lyze** 解開

analysis【名】分析，解析 Ⓜ Ⓣ
analytical【形】分析的

● 例句

Experts are still analyzing the DNA evidence in the case.
專家們仍在分析此案的 DNA 證據。

Blood samples were sent for analysis.
血液樣本被送去分析。

paralyze 【動】使麻痺；使癱瘓 Ⓜ Ⓣ
[`pærəˌlaɪz]

▸ **para** 側 + **lyze** 放鬆

※**paralysis**【名】麻痺；癱瘓 Ⓜ Ⓣ

● 例句 ——

The injections paralyze the nerves that signal sweating.
注射會麻痺傳送流汗信號的神經。

---

catalyze 【動】催化 Ⓜ Ⓣ
[`kætəˌlaɪz]

▸ **cata** 朝下 + **lyze** 放鬆

※**catalysis**【名】催化作用 Ⓜ Ⓣ

● 例句 ——

The reaction is catalyzed by the enzyme urease.
此反應是由服酶所催化。

---

dialysis 【名】透析；滲析
[daɪˋæləsɪs]

▸ **dia** 通過；透過 + **lys** 解開 + **is** 名詞化

※**dialyze**【動】透析

● 例句 ——

He has been in dialysis for the past three years.
過去三年他一直在接受血液透析。

---

anaphylactic 【形】過敏的
[ˌænəfɪˋlæktɪk]

▸ **ana** 上 + **phy** 身體 + **lac** 放鬆 + **tic** ～的
⇒125

※**anaphylaxis**【名】過敏反應

● 例句 ——

Many people die of anaphylactic shock each year.
每年都有許多人死於過敏性休克。

lect, leg, lig = 收集、選擇、講話

　　表達「無視、忽略」之意的 neglect 這個字，其 lect 和 select、collect 的 lect 都是「選擇」的意思。有「閱讀、口說」之意的 lecture 是「演講」，dialect 則是「方言」。legible 是「能夠被看得懂的」。legend 就是「一定要讀的故事」，除了有「傳說」的意思，也有例圖等的「範例」的意思。

neglect 【動】忽視；忽略；疏忽 Ⓜ Ⓣ
[nɪg`lɛkt]

▶ neg 否定 + lect 收集

negligible 【形】微不足道的；瑣碎的 Ⓜ Ⓣ

● 例句

This factor has been neglected in many cases.
這個因素在許多情況下都被忽略了。

The effect of gravity on the droplet behavior was negligible.
重力對水滴行為的影響是微不足道的。

eligible 【形】有資格的；合格的 Ⓜ Ⓣ
[`ɛlɪdʒəbl]

▸ **e** 外部 + **lig** 篩選 + **ible** 能夠

● 例句 ──

Eligible nurses can apply for this program.
符合資格的護士能申請這個方案。

---

intelligence 【名】智慧；情報 Ⓜ Ⓣ
[ɪn`tɛlədʒəns]

▸ **intel** 之間 + **lig** 篩選 + **ence** 名詞化

● 例句 ──

AI is an abbreviation of artificial intelligence.
AI 是 artificial intelligence（人工智慧）的縮寫。

---

select 【動】選擇；挑選 Ⓜ Ⓣ
[sə`lɛkt]

▸ **se** 分離 + **lect** 篩選
※ **selection** 【名】選擇；淘汰 Ⓜ Ⓣ

● 例句 ──

Natural selection is a mechanism of evolution.
自然淘汰是一種進化機制。

---

legend 【名】傳奇；傳說；說明；圖例 Ⓜ Ⓣ
[`lɛdʒənd]

▸ **leg** 讀；講 + **end** 東西；物

● 例句 ──

The legends are shown in Figure 1.
說明如圖 1 所示。

leuko, leuco = 白的

字源筆記

!!:) 　希臘文 leukos 意指「白色的」，這個詞是衍生自原始印歐語 leuk，有「閃亮」或「光芒」的意思。Luna 是月之女神，lunar 是「月亮的」，夜空中閃亮的「光明的明星（金星）」則是 Lucifer。「螢火蟲」叫 firefly，牠的光源來自觸發發光的酵素 luciferase，即「螢光素」。leuko 的英式拼法為 leuco。

leukocyte【名】白血球

[`lukəˌsaɪt]

▸ **leuko** 白色的 + **cyte** 細胞

leukocytosis【名】白血球增多症

● 例句

If you have leukocytes in the urine you will need to get medication to clear the offending infection.
如果你的尿液中有白血球，你需要服藥來清除有害的感染。

Leukocytosis is often seen as a result of infection.
白血球增多症常是感染的結果。

leukemia 【名】白血病
[lu`kimɪə]

▸ **leuk** 白的 + **emia** 血液

● 例句 ——

The patient was diagnosed with leukemia.
這名病患被診斷罹患白血病。

---

luciferase 【名】螢光素酶
[lu`sɪfə͵reɪs]

▸ **luci** 發光 + **fer** 運送 + **ase** 物質
⇒48~49

● 例句 ——

Luciferase enables fireflies to produce light.
螢光素酶使螢火蟲能發光。

---

leukoderma 【名】白斑;白蝕
[͵lukə`dɝmə]

▸ **leuko** 白的 + **derma** 皮膚
⇒39

● 例句 ——

Chemical leukoderma is an acquired, depigmented dermatosis caused by repeated exposure to chemicals.
化學性白斑病是一種因反復接觸化學物質所引起的後天性脫色性皮膚病。

---

leukopenia 【名】白血球減少症
[͵lukə`pinɪə]

▸ **leuko** 白的 + **penia** 缺;不足

● 例句 ——

Leukopenia is a shortage of white blood cells in the system, which can be caused by anemia, menorrhagia, etc.
白血球減少症是指組織中白血球短少,可能由貧血、月經過多所引起。

*menorrhagia 月經過多 = meno 月 + rrhage 流出 + ia 症狀

lig, liga = 領帶、連結、締結

!! 字源筆記

　　聯合國 the United Nations 的前身是國際聯盟 the League of Nations。League 來自拉丁文 ligare，有「結盟」的意思。「宗教」是 religion，來自《re 強調 + lig 結盟 + ion 名詞化》，源自訂下與神明強烈地羈絆。liability 來自《li 結盟 + able 能夠 + ity 名詞化》，有「責任」的意思，product liability 是「產品責任 (PL)」。obligation 來自《ob 朝向 + lig 結盟 + ate 動詞化 + ion 名詞化》，有「義務、責任」的意思。

---

rely【動】依靠

[rɪˋlaɪ]

▶ re 完全地 + ly 連結

reliable【形】可依賴的；可靠的 Ⓜ Ⓣ
reliability【名】可靠性 Ⓜ Ⓣ

● 例句

Many people now rely on the internet for news.
許多人現在依賴網路獲知新聞。

So far reliability and accuracy has been excellent.
到目前為止，可靠性與精準性都很好。

ligament 【名】韌帶
[`lɪgəmənt]

▶ **liga** 連結 + **ment** 名詞化

● 例句 ——
I tore a ligament in my left knee.
我左膝的韌帶斷裂了。

---

ligate 【動】結紮；捆
[`laɪget]

▶ **liga** 連結 + **ate** 成為
※ **ligature** 【名】結紮線

● 例句 ——
The enzyme ligated the plasmid.
此酵素能連結質體。

---

ligase 【名】連接酶
[`laɪ͵geɪs]

▶ **liga** 連結 + **ase** 酵素
※ **ligand** 【名】配體；配基

● 例句 ——
In molecular biology, DNA ligase is a specific
type of enzyme.
在分子生物學中，DNA 連接酶是一種特殊的酵素。

---

alloy 【名】合金 Ⓜ Ⓣ
[`ælɔɪ]

▶ **a(l)** 朝向某方 + **loy** 連結

● 例句 ——
Brass is an alloy of copper and zinc.
黃銅是銅與鋅的合金。

lip(o) = 脂肪

日本製藥公司「力保美達」是由表達「脂肪分解」的 lipolysis 和維生素 vitamin 結合出來的複合詞。vitamin 是拉丁文，字源為《vit 生命 +amin 胺基酸》。

---

lipid 【名】脂質 ⊤

[ˋlɪpɪd]

▶ **lipoid** 【形】類脂的；脂肪性的 【名】類脂化合物

● 例句

The lipid is insoluable in water.
脂質不溶於水。

This seems to suggest that lipoid is not necessary for clotting.
這似乎表明類脂化合物對凝血來說不是必要的。

lipoma【名】脂肪瘤
[lɪ`pomə]

▸ **lipo** 脂肪 + **oma** 腫瘤

● 例句 ——

Lipoma is a growth of a lump or mass on the skin which is made up of fat cells.
脂肪瘤是皮膚上由脂肪細胞所組成的腫塊或腫塊的成長。

lipophilic【形】親脂性的
[ˌlɪpə`fɪlɪk]

▸ **lipo** 脂肪 + **phil** 傾向～；親～ + **ic** ～的
⇒122

● 例句 ——

Lipophilic substances show the characteristic feature of being more soluble in lipids than in water.
親脂性物質表現出在脂質中比在水中更容易溶解的特性。

lipolysis【名】脂肪分解
[lɪ`pɑləsɪs]

▸ **lipo** 脂肪 + **ly** 解開 + **sis** 名詞化
⇒77~78

● 例句 ——

Lipolysis is a medical procedure of melting and removing unwanted fatty deposits on the body.
脂肪分解是一種溶解並移除體內多餘脂肪的醫療程序。

liposuction【名】抽脂術
[`lɪpoˌsʌkʃən]

▸ **lipo** 脂肪 + **suck** 吸 + **ion** 名詞化

● 例句 ——

She decided to have liposuction.
她決定做抽脂手術。

liqu = 液、流動

liqueur 稱為「利口酒」，是加入糖和香料的烈酒，liquor 只有烈酒的意思。液體化粧品的 liquid 來自拉丁語中有「流動」意思的 liquidus。另外，「固體」是 solid，「氣體」是 gas。

liquefy 【動】液化；使液化 Ⓜ Ⓣ

[ˋlɪkwəˌfaɪ]

▶ lique 流動 + fy 成為

liquefaction 【名】液化（作用）

● 例句

Some gases liquefy at cold temperatures.
有些氣體在低溫下就液化。

The soil liquefaction phenomenon was observed over a wide area along the Pacific Coast.
在太平洋沿岸觀察到有大範圍土壤液化的現象。

liquid 【名】液體【形】液體的 Ⓜ Ⓣ
[ˋlɪkwɪd]

▶ 源自拉丁語的 **liquidus**，是「液相、液態」之意。
liquid crystal 液晶
※**solid**【名】固體；堅實【形】固體的；紮實的 Ⓜ Ⓣ

● 例句 ——
Liquid nitrogen is used to freeze and destroy warts.
液態氮被用在冰凍及去除疣。

liquor 【名】（尤指白蘭地、威士忌等）烈酒；溶液 Ⓜ Ⓣ
[ˋlɪkə]

▶ **liqu** 流動 + **or** 東西；物

● 例句 ——
Last night's liquor still remains.
昨晚的酒還有剩。

liquidize 【動】榨汁；使成液體
[ˋlɪkwəˌdaɪz]

▶ **liquid** 液體 + **ize** 成為

● 例句 ——
Heat the lead to liquidize it, and then pour it into the mold.
加熱鉛使其液化，然後倒入模具中。

deliquesce 【動】潮解；溶解 Ⓣ
[ˌdɛləˋkwɛs]

▶ **de** 脫離 + **lique** 流動 + **esce** 成為

● 例句 ——
When plants deliquesce, they lose rigidity as they age.
當植物潮解時，它們會隨著時間流逝而失去剛性。

lith(o) = 石

lithograph 是「石版印刷」。lithium 是「鋰」，為瑞典化學家約翰・奧古斯特・阿韋德松分析葉狀鋰長石 (petalite) 時所發現的。

cholelith 【名】膽石 Ⓜ Ⓣ

[ˈkɑləlɪθ]

▶ **chole** 膽汁 + **lith** 石

cholelithiasis 【名】膽石症
lithiasis 【名】結石病

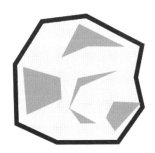

● 例句

Most choleliths in dogs and cats are clinically silent.
大多數貓、狗體中的膽結石在臨床上是無徵狀的。

Renal lithiasis is a multifactorial disease.
腎結石是一種多重因素的疾病。

litholysis 【名】結石溶解
[lɪˋθɑləsɪs]

▸ **litho** 石 + **ly** 解開 + **sis** 名詞化
　⇒77~78

● 例句 ——

There were repeated attempts of litholysis, all being not successful.

曾多次嘗試結石溶解，但都不成功。

lithotomy 【名】截石術
[lɪˋθɑtəmɪ]

▸ **litho** 石 + **tom** 切 + **y** 名詞化
　　　　　　　⇒161

● 例句 ——

A lithotomy is a medical procedure for extracting kidney stones.

截石術是一種取出腎結石的醫療程序。

lithotripsy 【名】震波碎石術
[ˋlɪθəˌtrɪpsɪ]

▸ **litho** 石 + **trips** 擦；搓 + **y** 名詞化
※ **lithotripter** 【名】碎石機

● 例句 ——

Lithotripsy is a medical procedure that uses shock waves to break up stones in the kidney, bladder, or ureter.

震波碎石術是一種利用衝擊波擊碎腎臟、膀胱或輸尿管中之結石的醫療程序。

Neolithic 【形】新石器時代的 Ⓜ Ⓣ
[ˌnɪəˋlɪθɪk]

▸ **neo** 新 + **lith** 石 + **ic** ～的
※ **Paleolithic** 【形】舊石器時代的 Ⓜ Ⓣ
※ **Mesolithic** 【形】中石器時代的

● 例句 ——

The area was first inhabited in the Neolithic Period.

該地區在新石器時代首次有人居住。

long, leng = 長的

　　long 表示「長的」，來自拉丁文 longus。one length cut 是將直髮的前後都直直地對齊，剪成相同長度，亦即「水平剪法」。linger 來自《ling 長的 + er 反覆》，有「殘留下來、久而不消逝」的意思。prolong 來自《pro 向前 + long 長的》，有「延長、延後」的意思。elongation 則來自《e 從外部 + long 長的 + ate 動詞化 + ion 名詞化》，有「伸長、變形程度」之意。

---

length 【名】長度 Ⓜ Ⓣ

[lɛŋθ]

▶ leng 長的 + th 名詞化

lengthen 【動】加長；延長 Ⓜ Ⓣ
lengthy 【形】冗長的；漫長的 Ⓜ Ⓣ

● 例句

Find the length of the base of the triangle.
找出三角形底邊的長度。

The days lengthen in spring.
在春季時的白天變長了。

longitude 【名】經度 Ⓜ Ⓣ

[ˋlɑndʒəˋtjud]

▶ **long** 長的 ＋ **tude** 名詞化

● 例句 ——

Canada is so large that it spreads over 80 degrees of longitude.

加拿大幅員遼闊，橫跨超過 80 度經度。

oblong 【名】長方形；橢圓形【形】長方形的；橢圓形的

[ˋɑblɔŋ]

▶ **ob** 朝；向 ＋ **long** 長的

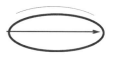

● 例句 ——

These oblong leaves are covered with short hairs.

這些橢圓形的葉子上覆蓋著短毛。

longevity 【名】壽命；長壽 Ⓜ Ⓣ

[lɑnˋdʒɛvətɪ]

▶ **long** 長的 ＋ **evi** ＝ **age** 年紀 ＋ **ity** 名詞化

● 例句 ——

The people of this village enjoy good health and longevity.

這個村莊裡的人都身體健康又長壽。

wavelength 【名】波長 Ⓣ

[ˋwevˌlɛŋθ]

▶ **wave** 波 ＋ **length** 長度

● 例句 ——

Light is measured by its wavelength or frequency.

光是透過其波長或頻率來測量的。

macro = 大的、長的

　　來自希臘文、拉丁文中表達「長長的」、「大的」之 makros。足部巨大的袋鼠類動物是 macropod。EXCEL 等軟體中的「巨集指令」是 macroinstruction 的縮寫，意指將各種小指令 command 合成巨大化，賦予自動執行的機制。

macrophage【名】巨噬細胞

[ˋmækrəfeɪdʒ]

▶ macro 大的 + phage 吃；食

bacteriophage【名】噬菌體

● 例句

A macrophage is a white blood cell, produced by monocytes.
巨噬細胞是一種白血球，由單核細胞所產生。

A bacteriophage is a virus that only infects bacteria.
噬菌體是一種只有細菌會感染的病毒。

macroscopic 【形】宏觀的 Ⓜ Ⓣ

[ˌmækrə`skɑpɪk]

▸ **macro** 大的 + **scope** 觀看 + **ic** ～的
⇒139

● 例句 ——

Stockpiling has macroscopic and microscopic aspects.
庫存有宏觀與微觀等面向。

---

macrocyte 【名】巨紅血球；巨血球

[`mækrəˌsaɪt]

▸ **macro** 大的 + **cyte** 細胞

● 例句 ——

Macrocytes are 9-10 μm in diameter with a
biconcave discoid shape.
巨血球直徑 9-10μm，呈雙面凹的盤子形狀。

---

macrodontia 【名】巨齒（症）

[ˌmækrə`dɔnʃə]

▸ **macro** 大的 + **dont** 齒 + **ia** 症
⇒38

● 例句 ——

Macrodontia is very much less common than
microdontia.
巨齒症比小牙症更為少見。

---

macrospore 【名】大孢子

[`mækrəˌspor]

▸ **macro** 大的 + **spore** 孢子

● 例句 ——

The growth of the fertile mother-cell of the
macrospore is vigorous.
大孢子的肥沃母細胞生長旺盛。

mag, max, maj, megalo = 大的

　　美國職棒大聯盟稱為 Major League Baseball。棒球的最快球速 max 是 160km 的剛猛速球。megaton 指「百萬噸」，也就是 100 萬公噸。magnitude 是測量地震的「規模」，來自表達「巨大的」拉丁文 magnus。megalosaurus 即「斑龍」，是侏儸紀至白堊紀初，生存於歐洲的巨大肉食兩足恐龍。megaphone 是將聲音放大的工具，即「擴音器」。magma 指「岩漿」，和具有「質量、塊」意思的 mass 來自同樣的語源。

---

major【形】主要的；重大的【動】主修 Ⓜ Ⓣ

[`medʒɚ]

▸ **maj** 大的 + **or** 比～

majority【名】多數 Ⓜ Ⓣ

● 例句

She's had a major surgery, but she's doing fine.
她動了大手術，但她狀況良好。

He majored in physics in college.
他在大學主修物理學。

magnify 【動】擴大；放大 Ⓜ Ⓣ
[ˋmægnə͵faɪ]

▶ **magni** 大的 + **fy** 成為

※**magnification**【名】放大；放大率 Ⓜ Ⓣ

● 例句 ——
This microscope can magnify an object up to forty times.
這種顯微鏡能將物體放大 40 倍。

maximum 【名】最大量 Ⓜ Ⓣ
[ˋmæksəməm]

▶ **maxi** 大的 + **mum** 最

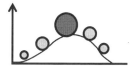

● 例句 ——
Find the local maximum and minimum values
and saddle points of the function.
找出函數的局部最大值、最小值以及鞍點。

maximize 【動】最大化 Ⓜ Ⓣ
[ˋmæksə͵maɪz]

▶ **maxi** 大的 + **ize** 成為

● 例句 ——
Maximize the window to full screen.
將視窗放大至全螢幕。

magnitude 【名】規模；地震等級 Ⓜ Ⓣ
[ˋmægnə͵tjud]

▶ **magni** 大的 + **tude** 名詞化

● 例句 ——
The magnitude of the earthquake was 9.2.
這起地震的震度是 9.2 級。

mal = 壞的

　　malaria 就是廣布熱帶至亞熱帶的原蟲傳染病「瘧疾」，來自義大利文《mal 壞的 + aria 空氣》。胎兒「胎位異常」是 malposition。「醫療過失」是 malpractice。malware 則是「惡意程式」，亦即有毒的軟體。

---

malignant【形】惡性的 Ⓜ Ⓣ

[mə`lıgnənt]

▸ **mal** 壞的 + **gna** 出生 + **ant** 形容詞化
　　　　　　⇒104

benign【形】良性的 Ⓜ Ⓣ

● 例句

She developed a malignant tumor in her breast.
她的乳房長了一個惡性腫瘤。

Polymyalgia is not a benign disease.
多發性肌痛症不是個良性疾病。

malaria 【形】瘧疾 Ⓜ Ⓣ

[məˋlɛrɪə]

▸ **mal** 壞的 + **aria** 空氣

● 例句 ——

Nearly one million people die of malaria every
year in Africa.
在非洲，每年有近一百萬人死於瘧疾。

malnutrition 【名】營養失調；營養不良 Ⓜ Ⓣ

[ˌmælnjuˋtrɪʃən]

▸ **mal** 壞的 + **nutrition** 營養

● 例句 ——

Many of the children showed signs of malnutrition.
許多兒童表現出營養不良的跡象。

malfunction 【動】故障；機能失常【名】故障 Ⓜ Ⓣ

[mælˋfʌŋʃən]

▸ **mal** 壞的 + **function** 功能

● 例句 ——

The cause of the malfunction is still unknown.
故障的原因仍然未知。

malformation 【名】畸形 Ⓜ Ⓣ

[ˌmælfɔrˋmeʃən]

▸ **mal** 壞的 + **form** 形式 + **tion** 名詞化
⇒55

● 例句 ——

Malformation occur in both plants and animals
and have a number of causes.
畸形發生在植物與動物身上，有許多因素。

mal, mel = 柔軟的

!! 字源筆記

　　melting point 是「熔點」，melt 來自原始印歐語的 mel，有「柔軟的」之意。用大麥麥芽釀造的「麥芽威士忌」是 malt whisky，其 malt 也是來自同樣語源，沒有用玉米或裸麥、小麥作為原料，而是用單一蒸餾器蒸餾製作而成。

melt 【動】融化；熔化 Ⓜ Ⓣ
[mɛlt]

meltdown 【名】崩潰；熔毀；失敗 Ⓣ

● 例句

Iron melts at 1,535 degrees Celsius.
鐵在 1,535 攝氏度時熔化。

A meltdown at the reactor was narrowly avoided.
反應爐勉強避免了熔毀。

smelt 【動】熔煉（礦石）；煉取（金屬）
[smɛlt]

● 例句 ——
Charcoal was traditionally used to smelt iron
from its ore.
炭傳統上被用來自鐵礦中提煉鐵。

---

malacia 【名】軟化症
[mə`leʃə]

▸ **malac** 柔軟的 + **ia** 症狀

● 例句 ——
The cerebrum showed malacia and edema.
大腦出現軟化及水腫。

---

osteomalacia 【名】骨軟化症；軟骨症
[ˌɑstɪomə`leʃə]

▸ **osteo** 骨 + **malacia** 軟化症
　⇒113

● 例句 ——
We should take more calcium lactate to prevent
and cure osteomalacia.
我們應該攝取更多乳酸鈣以防治骨軟化症。

---

chondromalacia 【名】軟骨軟化症
[kɑndrəumə`leʃə]

▸ **chondro** 軟骨 + **malacia** 軟化症

● 例句 ——
He had chondromalacia in both kneecaps.
他的兩邊膝蓋骨都有軟骨軟化症。

mamma, masto = 乳房

媽媽才有的乳房，mammo、mamma 來自拉丁文，有「乳房」的意思。masto 的語源是希臘文。mammography 指乳房 X 光攝影檢查，即「乳房攝影」。

mammal【名】哺乳動物 Ⓜ Ⓣ
[`mæml]

▶ 源自於授乳的動物。

mammalia【名】哺乳類
mammalian【形】哺乳類的

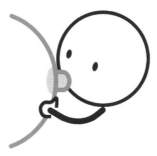

● 例句

The whale is well known to be the largest mammal.
眾所周知，鯨魚是最大的哺乳動物。

The sperm whale's cerebrum is the largest in all mammals.
抹香鯨的大腦是所有哺乳動物中最大的。

mastodon 【名】〔古生〕乳齒象 ⓣ

[`mæstə,dɑn]

▶ **masto** 乳房 + **don(t)** 齒
⇒38

● 例句 ——

Lots of mastodon bones have been discovered
around North America.

在北美周圍發現了許多乳齒象的骨頭。

---

mammitis 【名】乳腺炎；乳房炎

[mæ`maɪtɪs]

▶ **mamm** 乳房 + **itis** 炎症

※ **mastitis** 【名】乳腺炎；乳房炎

● 例句 ——

The rate of mammitis is lower in the colder period
of the year.

在一年中較冷的時期，乳腺炎發病的比例較低。

---

mastectomy 【名】乳房切除術

[mæs`tɛktəmɪ]

▶ **mast** 乳房 + **ec** 在外部 + **tom** 切 + **y** 名詞化

● 例句 ——

She overcame cancer without a mastectomy.

她在沒有切除乳房的情況下戰勝了癌症。

---

mammoplasty 【名】乳房成（整）形術

[`mæmə,plæsti]

▶ **mammo** 乳房 + **plasty** 塑形

● 例句 ——

Augmentation mammoplasty is performed to reconstruct
congenital or acquired deformities.

增大乳房整形術用於重建先天性或後天性畸形。

man = 手

「護理手部和指甲」是 manicure《mani 手 + cure 護理》。manual 是「手把手的教學書」，也就是「指引」。manner 來自「用手處理的事」，除了「儀態」、「舉止」外，也有「方式」、「樣式」等意思。

---

manufacture【動】製造；加工【名】製造 Ⓜ Ⓣ
[ˌmænjəˈfæktʃə]

▸ **manu** 手 + **fact** 製作 + **ure** 名詞化
⇒46~47

manufacturer【名】製造商

● 例句

This factory manufactures toys.
這家工廠製造玩具。

The amount of recycled paper used in manufacture doubled in ten years.
被用於製造的再生紙數量在十年間翻倍成長。

manuscript 【名】原稿；手稿 Ⓜ Ⓣ
[`mænjəˌskrɪpt]

▶ **manu** 手 + **script** 寫

● 例句 ——
I have to complete my manuscript by next week.
我必須在下週前完成手稿。

---

manure 【名】肥料
[mə`njʊr]

▶ 來自於手作耕耘。

● 例句 ——
The global demand for organic fertilizer as an alternative
for artificial manure is growing significantly.
全球對於作為人工肥料替代品的有機肥料之需求正在顯著成長。

---

manual 【形】手工的；用手操作的【名】手冊；指引 Ⓜ Ⓣ
[`mænjʊəl]

▶ **manu** 手 + **al** 形容詞化
manual labor 體力勞動（者）

● 例句 ——
I prefer a camera with a manual focus.
我偏愛手動對焦的相機。

---

demand 【名】需求；需要【動】要求 Ⓜ Ⓣ
[dɪ`mænd]

▶ **de** 完全地 + **mand** 手 → 用手指使，下命令

● 例句 ——
Natural gas prices are not regulated but are set
according to supply and demand.
天然氣的價格不受監管，但根據供需來定價。

melan = 黑色的

!!　字源筆記

在太平洋上的美拉尼西亞島 Melanesia 是指「黑色的島嶼」。melanin 是「黑色素」，有「黑色物質」的意思，它能保護身體抵禦紫外線，乃不可或缺的物質。

melancholy【名】憂鬱【形】憂鬱的 Ⓜ Ⓣ
[ˋmɛlənˌkɑlɪ]

▶ **melan** 黑色的 + **choly** 膽汁

過去人們相信憂鬱的心情是因為體內黑色的膽汁過剩所引起的。

melancholia【名】憂鬱症 Ⓜ Ⓣ

● 例句

There was a deep melancholy in his voice.
在他的聲音中有一種深沉的憂鬱。

Melancholia is a kind of psychological disease which is hard to cure.
憂鬱症是一種很難治癒的心理疾病。

melanize 【動】（使）黑化

[ˋmɛləˌnaɪz]

▶ **melan** 黑色的 + **ize** 成為

● 例句 ——

A mole is an elevated patch of melanized skin.
痣是一種黑化皮膚升高的斑塊。

melanocyte 【名】黑色素細胞

[ˋmɛlənəˌsaɪt]

▶ **melan** 黑色的 + **cyte** 細胞

● 例句 ——

Melanin is produced by cells called melanocytes.
黑色素是由黑色素細胞所產生的。

melanoma 【名】黑色素瘤

[ˌmɛləˋnomə]

▶ **melan** 黑色的 + **oma** 腫瘤

● 例句 ——

Melanoma is the most dangerous type of skin cancer.
黑色素瘤是最危險的皮膚癌類型。

melanoblast 【名】黑色素母細胞

[mɪˋlænəblæst]

▶ **melan** 黑色的 + **blast** 芽細胞
⇒11

● 例句 ——

A melanoblast is a precursor of a melanocyte.
黑色素母細胞是黑色素細胞的前體。

mens = 措施、測量

　　measure 是尺的「刻度」，來自拉丁文 mensura。「3D 立體顯示器」是 three dimensional screen。measure 從「達到平衡點」的意思衍生出「對策、處置」的意思。

---

measure 【名】措施；尺寸【動】測量；權衡 Ⓜ Ⓣ
[ˋmɛʒɚ]

▸ **meas** 測量 + **ure** 名詞化

measurement 【名】測量 Ⓜ Ⓣ

● 例句

The standard measure of distance in the U.S. is the mile.
在美國，距離的標準度量是英里。

Measurement of such distances is extremely difficult.
這種距離的測量是極困難的。

measurable 【形】可測量的；顯著的 Ⓜ Ⓣ

[`mɛʒərəbl]

▶ **measure** 測量 + **able** 使能夠

● 例句 ——

Measurable amounts of nicotine were found in some of the vegetables.

在某些蔬菜中發現可測量的尼古丁含量。

---

immense 【形】龐大的；廣大的 Ⓜ Ⓣ

[ɪ`mɛns]

▶ **im** 不 + **mense** 測量

※ **immensity** 【名】廣大；無限 Ⓜ

● 例句 ——

Migrating birds cover immense distances every winter.

候鳥每年冬季都會飛越極長的距離。

---

commensurable 【形】可通約的；可約的

[kə`mɛnʃərəbl]

▶ **com** 共同 + **mens** 測量 + **able** 使能夠

● 例句 ——

Ten is commensurable with 30.

10 和 30 是可通約的。

---

dimension 【名】尺寸；維度；次元 Ⓜ Ⓣ

[dɪ`mɛnʃən]

▶ **di** 脫離 + **mens** 測量 + **ion** 名詞化

※ **dimensional** 【形】次元的；空間的

● 例句 ——

A square has two dimensions and a cube has three dimensions.

正方形是二度空間，正方體是三度空間。

meter, metr = 測量

!! 😊 **字源筆記**

　　1cm 的 cm 是 centimeter，字源《centi 百 + meter 公尺》，即 1 公尺的百分之 1。1mm 的 mm 是 milimeter，來自《mile 千 + meter 公尺》，即 1 公尺的千分之 1。metric system 是「公制」，metric 作為名詞有「指標、基準」的意思。

symmetry 【名】對稱（性） Ⓜ Ⓣ

[ˋsɪmɪtrɪ]

▸ **sym** 共同 + **metry** 測量

symmetrical 【形】對稱的 Ⓜ Ⓣ

● 例句

European gardens are noted for their symmetry.
歐洲花園以其對稱聞名。

The leaves of most trees are symmetrical in shape.
大部分樹木的葉子在形狀上是對稱的。

asymmetrical 【形】不對稱的 Ⓜ Ⓣ
[ˌesɪˋmɛtrɪkḷ]
▸ **a** 否定 + **sym** 共同 + **meter** 測量 + **ical** 形容詞化
※ **asymmetry** 【名】不對稱 Ⓜ Ⓣ

● 例句 ——
These figures are asymmetrical.
這些圖形是不對稱的。

---

diameter 【名】直徑 Ⓜ Ⓣ
[daɪˋæmətə]
▸ **dia** 通過 + **meter** 測量

● 例句 ——
The diameter of the Earth is about 13,000km.
地球的直徑約 13000 公里。

---

barometer 【名】晴雨表；氣壓計 Ⓣ
[bəˋrɑmətə]
▸ **baro** 氣壓 + **meter** 測量

● 例句 ——
The barometer is falling, which shows that it will probably rain.
氣壓計正在下降，這顯示可能會下雨。

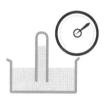

---

trigonometric 【形】三角法（學）的
[ˌtrɪɡənəˋmɛtrɪk]
▸ **tri** 3 + **gon** 角 + **meter** 測量 + **ic** ～的

● 例句 ——
An inverse trigonometric function is used to find the value of an unknown obtuse angle in a triangle.
反三角函數用於求三角形中未知鈍角的值。

micro = 微小的

　　micro 表示「微小的」，來自希臘文 mikros。micro chip 指「微晶片」，是為了辨識動物個體所使用的電子標示器，大小為直徑 2mm，全長 12mm 的圓柱體。micro 用 10^{-6} 標記，micrometer 稱為「微米」，相當於 10^{-6} 公尺的長度，即 1000 分之 1mm。microphone 是能放大微小的 (micro) 聲音 (phone) 之「麥克風」。microplastics 指微小的塑膠粒子，稱為「塑膠微粒」。

microwave 【名】微波爐 【動】用微波加熱 Ⓜ Ⓣ

[ˋmaɪkroˌwev]

▶ **micro** 小的 + **wave** 波

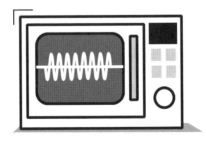

● 例句

Please put this in the microwave oven.
請將這個放進微波爐中。

Microwaves penetrate the food in the oven.
微波能穿透烤箱中的食物。

microscope 【名】顯微鏡 Ⓜ Ⓣ

[`maɪkrəˌskop]

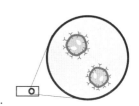

▶ **micro** 小的 + **scope** 觀看

※ **microscopic** 【形】微觀的 Ⓜ

● 例句 ——

The solution was examined under a microscope.

此溶液在顯微鏡下被檢視。

---

microbe 【名】微生物 Ⓜ Ⓣ

[`maɪkrob]

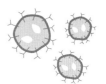

▶ **micro** 小的 + **be** 生命

※ **microbial** 【形】微生物的 Ⓜ Ⓣ

● 例句 ——

Each microbe was made up of atoms and molecules.

每個微生物都是由原子和分子所構成。

---

antimicrobial 【形】抗菌的 Ⓜ Ⓣ

[ˌæntɪmaɪ`krobɪəl]

▶ **anti** 對抗 + **micro** 小的 + **bi** 生物 + **al** 形容詞化
⇒10

● 例句 ——

Aloe vera has an antimicrobial effect against bacteria, viruses, fungi and yeast.

蘆薈對細菌、病毒、真菌及酵母菌具有抗菌效果。

---

microfiber 【名】超細纖維

[`maɪkrəˌfaɪbɚ]

▶ **micro** 小的 + **fiber** 纖維
⇒50

● 例句 ——

This product has microfiber material which is soft to the touch.

該產品有觸感柔軟的超細纖維物質。

mid, medi = 中間

💬 **字源筆記**

😊　新聞或電視節目被稱為 media，是 mass media 的簡稱，media 是 medium 的複數形態，指「媒體」。意指「M號」的 medium size 清楚地表示大與小的「中間」，統計學的 mean 是「平均」，而 median 則是「中位數」。immediate《im 否定 + medi 中間 + ate 形容詞化》表達「中間沒有空檔」，意即「立即的、最接近的」。immediate supervisor 是「直屬上司」，immediately 則指「即刻地」。

immediate 【形】直接的；立即的 Ⓜ Ⓣ

[ɪˋmidɪɪt]

▶ **im** 否定 + **medi** 中間的 + **ate** 形容詞化

immediately 【副】直接地；立即地 Ⓜ Ⓣ

● 例句

Our immediate task is to rectify the problem.
我們立即的任務是去改正這個問題。

He is immediately responsible for the accident.
這場意外他有直接的責任。

medium（複數形為 media）Ⓜ Ⓣ

[`midɪəm] 　　　【名】媒介；媒體【形】中間的；中等的

▸ **medi** 中間 + **ium** 名詞化

● 例句 ——

The data file can be saved to read-only media such as DVDs.

數據檔案能被儲存在唯讀媒體上，比如 DVD。

---

mean 【形】平庸的；卑鄙的；中間的【名】平均 Ⓜ Ⓣ

[min]

※ **median** 【名】中位數

● 例句 ——

The mean value is defined as the sum of all values divided by the number of values.

平均值被定義為所有值的總和除以值的個數。

---

amid 【介】在……之中

[ə`mɪd]

▸ **a** 朝向～ + **mid** 中間

● 例句 ——

Hospitals are facing staffing shortages amid the pandemic.

在疫情期間，醫院正面臨人員短缺的問題。

---

intermediate 【形】中間的；中等的 Ⓜ Ⓣ

[ˌɪntə`midɪət]

▸ **inter** 之間 + **medi** 中間 + **ate** 形容詞化

● 例句 ——

The engine was running at an intermediate speed.

引擎正以中速運轉。

mini = 微小的

餐廳的菜單 menu 是將店裡的菜色統整出來的一張表格。miniature 是「袖珍藝術」，來自拉丁文 miniatura 意指「在書本中畫上小小的圖」。「部長」叫 minister《mini 小的 + ster 人》，原義是為民服務的人。「減少」是 minus，即「變得更小的東西」。minutes 來自簡短的議題紀錄，即「議事錄」。

minimum 【形】最小的 【名】最小量 Ⓜ Ⓣ
[ˋmɪnəməm]

▸ **mini** 小的 + **mum** 最

minimal 【形】最小的 Ⓜ Ⓣ
minimize 【動】最小化 Ⓜ Ⓣ

● 例句

Find the minimum value of integer X if 3X > 2X.
若 3X > 2X，求整數 X 的最小值。

Click on the top of the window to minimize it.
點擊視窗的頂部以將其縮至最小。

minor 【形】次要的；小的 Ⓜ Ⓣ

[`maɪnə]

▶ **min** 小的 + **or** 比

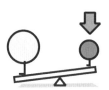

● 例句 ——

She suffered some minor injuries in the accident.
她在意外中受了小傷。

---

minute 【形】微小的；瑣細的 [maɪ`njut]
　　　　　　【名】分鐘 [`mɪnɪt] Ⓜ Ⓣ

▶ 做成很小的東西。

● 例句 ——

The substance is so toxic that even a minute dose
of it could be fatal.
這種物質毒性極強，即使微量也可能致命。

---

administer 【動】管理；治理；施用；給予 Ⓜ Ⓣ

[əd`mɪnəstə]

▶ **ad** 朝向～ + **mini** 小的 + **ster** 人 → **minister**
部長是小人物，原意是「可以為人民所用的小人物」。

※ **administration** 【名】行政；管理 Ⓜ Ⓣ

● 例句 ——

Painkillers were administered to the girl.
這個女孩被給予止痛藥。

---

diminish 【動】縮小；減少 Ⓜ Ⓣ

[də`mɪnɪʃ]

▶ **di** 脫離 + **min** 小的 + **ish** 成為

● 例句 ——

These drugs diminish blood flow to the brain.
這些藥物會減少流入腦中的血流量。

mit, miss = 發送

mission 的字源是《miss 發送 + ion 名詞化》，從「被送出去的人」而有了「使命、任務、使節團」的意思。missile 是瞄準敵方而發射的「飛彈」，也來自拉丁文 mittere，有「發送」的意思。LED 是發光二極體 light-emitting diode 的簡稱。intermittent 來自《inter 之間 + mit 發送 + ent 形容詞化》，有「斷斷續續的」的意思。

---

emit 【動】發射 Ⓜ Ⓣ

[ɪˋmɪt]

▶ **e** 向外 + **mit** 發送

emission 【名】排放；釋出 Ⓜ Ⓣ
gas emission 氣體排放
zero emission 零排放
（為了開發出不會排放廢氣或廢水的製造技術所擬定的計畫）

● 例句

The Earth emits natural radiation.
地球發出天然輻射能。

U.S. emissions of carbon dioxide are still increasing.
美國的二氧化碳排放量仍在增加中。

transmit 【動】傳送；傳播 Ⓜ Ⓣ
[træns`mɪt]

▸ **trans** 穿過；越過 + **mit** 發送
※**transmission** 【名】傳送；傳播 Ⓜ Ⓣ
※**transmitter** 【名】發射機；發送器 Ⓣ

● 例句 ——
Mosquitoes transmit malaria.
蚊子傳播瘧疾。

---

submit 【動】繳交；提交 Ⓜ Ⓣ
[səb`mɪt]

▸ **sub** 在下 + **mit** 發送

● 例句 ——
The scientist submitted a paper to *Nature*.
這位科學家向《自然》提交了一篇論文。

---

admit 【動】承認；錄取；接納 Ⓜ Ⓣ
[əd`mɪt]

▸ **ad** 朝向～ + **mit** 發送

● 例句 ——
The facts admit of no other explanation.
這些事實不容其他解釋。

---

premise 【名】前提；假設 Ⓜ Ⓣ
[`prɛmɪs]

▸ **pre** 在前 + **mise** 發送

● 例句 ——
The program is based on the premise that
drug addiction can be cured.
這計畫是以藥物成癮能治癒為前提。

mod, mode = 模式

用 mod 造出的單字跟「型式」或「尺度」有關係。mode 是「方式」、「方法」。model 的 el 是指「小型的東西」，從「小尺寸」而有了「模型」、「模範」的意思。有「鑄模」等意思的 mold 也源自此語源。module 是「功能單元」、「測定基準」，modulate 是「為了對齊而調整尺度」，modify 也是「為了對齊而進行修正」。modern 來自「當今的基準」，指「現代的」、「現代化的」。commodity 則是「日用品」的意思。

modify【動】改造；變更 Ⓜ Ⓣ
[ˋmɑdəˌfaɪ]

▸ mod 模式 + fy 成為

modification【名】改造；變更 Ⓜ Ⓣ

● 例句

These countries approved genetically modified food products.
這些國家批准了基因改造食品。

The equipment can be used without modification.
該設備無須修改即可使用。

accommodate 【動】供宿；容納 Ⓜ Ⓣ
[ə`kɑmə‚det]

▸ **ac** 朝 + **com** 共同 + **mod** 模式
  + **ate** 成為

※ **accommodation** 【名】住所；容納量

● 例句 ——
The hall accommodates 100 people.
這個大廳可容納 100 人。

commodity 【名】日用品 Ⓜ Ⓣ
[kə`mɑdətɪ]

▸ **com** 共同 + **mod** 模式 + **ity** 名詞化

● 例句 ——
PCs are now commodity products.
個人電腦現在是日用產品。

moderate 【形】適中的；溫和的 Ⓜ Ⓣ
[`mɑdərɪt]

▸ **mode** 模式 + **ate** 成為

● 例句 ——
Doctors recommend moderate exercise.
醫生建議適當的運動。

module 【名】模塊；組件；單元 Ⓜ Ⓣ
[`mɑdʒul]

▸ **mod** 模式 + **ule** 小的

※ **modular** 【形】模組的；分單元的 Ⓜ Ⓣ

※ **modulus** 【名】係數；模數

※ **modulation** 【名】調製；改變

● 例句 ——
Modular design is to decompose complex systems
into simple modules.
模組化設計就是將複雜的系統分解為簡單的組件。

mol = 顆粒、塊

化學中的「莫耳」是物質的量的國際單位，符號為 mol, mole，mole 原本在拉丁語中是「塊」的意思。「痣」和「鼴鼠」也是 mole，但來自別的字源。

---

molecule 【名】分子 Ⓜ Ⓣ
[ˋmɑləˌkjul]

▶ **mole** 顆粒 + **cule** 小的

molecular 【形】分子的 Ⓜ Ⓣ

● 例句

The molecules of oxygen gas contain just two atoms.
氧氣分子只包含兩個原子。

From its function and molecular structure, it is thought to be a B vitamin.
從其功能與分子結構來看，它被認為是一種維生素 B 群。

mole 【名】莫耳（克分子量）；痣
[mol]

▸ 源自於 **molecule**。

● 例句 ——
Calculate the number of moles of H₂.
計算 H₂ 的莫耳數。

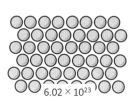
6.02 × 10²³

molar 【形】莫耳濃度的
[`molə]

▸ **mol** 莫耳 + **ar** 形容詞化
※ **morality** 【名】莫耳濃度

● 例句 ——
The molar ratio indicates the relative number of molecules involved in a chemical reaction.
莫耳比表示參與一個化學反應的分子的相對數量。

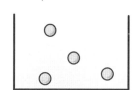

demolish 【動】拆除；毀壞 Ⓜ Ⓣ
[dɪ`mɑlɪʃ]

▸ **de** 脫離 + **mol** 塊 + **ish** 成為
※ **demolition** 【名】毀壞 Ⓜ Ⓣ

● 例句 ——
A blockbuster is a large bomb used to demolish extensive areas such as a city block.
巨型炸彈是一種被用來破壞大範圍地區的炸彈，比如城市街區。

macromolecule 【名】巨分子；大分子
[ˌmækrə`mɑləˌkjul]

▸ **macro** 大的 + **molecule** 分子
⇒ 86

● 例句 ——
A macromolecule is a molecule with a very large number of atoms.
巨分子是一種具有大量原子的分子。

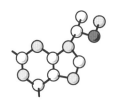

mom, move, mot = 移動

　　動畫是 movie，慢慢地播放的是慢動作 (slow motion)。motion 指「動態」、「運動」，「牛頓第一運動定律」就是 Newton's first law of motion。motor 是能提供動力的「引擎」。remote 是「遙控器」，來自《re 從後方 + mote 促使運動》，有「遠端操控的、遠距離的」之意。

promote 【動】促進；提升 Ⓜ Ⓣ
[prə`mot]

▶ **pro** 向前 + **mote** 移動

promoter 【名】促進者；起促進作用的事物；啓動子

● 例句

Fertilizer promotes leaf growth.
肥料促進葉子生長。

The salmon promoter gene is only active during the spring and summer.
鮭魚的啓動子基因只在春、夏期間活躍。

remove 【動】移除 Ⓜ Ⓣ

[rɪˋmuv]

▸ **re** 回；向後 + **move** 移動

※ **removal** 【名】移除；移動 Ⓜ Ⓣ

● 例句 ——

During respiration, plants remove oxygen from the water.
在呼吸過程中，植物從水中帶走氧氣。

---

mobility 【名】可移動性；機動性 Ⓜ Ⓣ

[moˋbɪlətɪ]

▸ **mob** 移動 + **ile** 形容詞化 + **ity** 名詞化

※ **mobile** 【形】可移動的【名】行動電話 Ⓜ Ⓣ

● 例句 ——

This structure lacks in mobility.
這個結構缺少機動性。

---

momentum 【名】氣勢；動能；動量；衝力 Ⓜ Ⓣ

[moˋmɛntəm]

▸ 源自於 **moment** 〔物理〕力距

● 例句 ——

The validity of the momentum conservation law is not restricted to Newtonian mechanics.
動量守恆定律的有效性不僅限於牛頓力學。

---

electromotive 【形】電動的 Ⓣ

[ɪˌlɛktrəˋmotɪv]

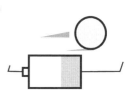

▸ **electr** 電 + **mot** 移動 + **ive** 形容詞化

⇒43

※ **motive** 【名】動機【形】推動的 Ⓜ Ⓣ

● 例句 ——

The power generation elements output electromotive force.
動力生成元件輸出電動力。

mute = 改變、移動

commute 指從家裡出發往公司或學校移動,亦即「通勤、通學」,字源是《com 共同的 + mute 移動》。amoeba 是透過變形來移動的原生生物「阿米巴原蟲(變形蟲)」,也來自相同字源。

mutant 【形】突變的【名】突變體 ⓜ ⓣ

[`mjutənt]

▶ **mute** 改變 + **ant** 形容詞化

mutation 【名】突變;變異 ⓜ ⓣ

● 例句

This mutant luciferase is obtained from beetles.
這種突變的螢光酵素是從甲蟲中取得。

The mutation is a change in DNA, the hereditary material of life.
突變是生命遺傳物質 DNA 的改變。

commutate 【動】整流；電流換向 ⓣ

[`kɑmjʊˌtet]

▶ **com** 完全地 + **mute** 改變 + **ate** 成為

※**commutation**【名】整流；轉換

● 例句 ——

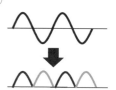

Additional diodes are installed to commutate current.

安裝了額外的二極管使電流轉向。

mutagenesis 【名】誘變；引起突變

[ˌmjutəˈdʒɛnəsɪs]

▶ **mute** 改變 + **genesis** 發生
⇒60~62

● 例句 ——

Vitro mutagenesis is used to purposefully change genetic information.

體外誘發突變被用來針對性地改變遺傳信息。

permutation 【名】排列；交換 ⓣ

[ˌpɜmjəˈteʃən]

▶ **per** 貫穿；全部 + **mute** 改變 + **ion** 名詞化

※**permute**【動】排列；取代；置換 ⓣ

● 例句 ——

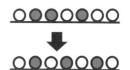

There are two types of permutation, horizontal and vertical.

有兩種排列方式，水平排列與垂直排列。

transmute 【動】轉化；使變化 ⓣ

[trænsˈmjut]

▶ **trans** 穿過；越過 + **mute** 改變

● 例句 ——

It's possible to transmute one form of energy into another.

將一種形式的能量轉變為另一種是可能的。

nas, rhino = 鼻

　　原始印歐語中有「鼻子」意思的 nas 直接引進英文中。nose 的形容詞 nasal 指「鼻子的」。意指軟管「噴嘴」的 nozzle 也是同字源。「犀牛」是 rhinoceros，簡化成 rhino，其由來是希臘文的《rhino 鼻子 + ceros 角》。鼻病毒 rhinovirus 是最常感染鼻子引發感冒的病毒。

nasal【形】鼻的 Ⓜ Ⓣ

[`nezl]

▸ nas 鼻 + al 形容詞化

nasalize【動】鼻音化

● 例句

I have nasal congestion.
我鼻塞了。

Nasal breathing has many advantages.
鼻呼吸有許多優點。

nostril 【名】鼻孔 ⊤

[`nɑstrɪl]

▶ **nos** 鼻 + **tril** 孔

● 例句 ——

Gorillas have big nostrils.
猩猩的鼻孔很大。

rhinitis 【名】鼻炎

[raɪ`naɪtɪs]

▶ **rhino** 鼻 + **itis** 炎症

● 例句 ——

The primary symptom of rhinitis is nasal dripping.
鼻炎的主要症狀是滴流鼻涕。

rhinoplasty 【名】隆鼻術

[`raɪnə,plæstɪ]

▶ **rhino** 鼻 + **plasty** 形成術

● 例句 ——

Many plastic surgeons perform rhinoplasty from within the nose.
許多整形外科醫生從鼻子內部施行隆鼻術。

rhinorrhea 【名】流鼻涕

[`raɪnərɪə]

▶ **rhino** 鼻 + **rrhea** 流出

● 例句 ——

The rhinitis symptom complex consists of rhinorrhea, congestion, itchy mucosa, itchy eyes, and sneezing.
鼻炎的併發症包括流鼻涕、鼻塞、黏膜癢、眼睛癢及打噴嚏。

nat, gna = 種子、出生

!! 字源筆記

　　nat 和 gna 的由來都是原始印歐語 gene，表示「出生的」、「種子」。nation 是「國家」、「國民」，和意指在某地方出生的 native「本地人」有相同字源。

natural 【形】自然的；天然的 Ⓜ Ⓣ
[`nætʃərəl]
▸ nat 出生 + al 形容詞化

natural frequency 自然頻率
nature 【名】自然（界）；本質 Ⓜ Ⓣ

● 例句

The country is rich in natural resources.
這個國家在天然資源方面非常豐富。

The hardest substance found in nature is diamond.
在自然界中被發現最硬的物質是鑽石。

pregnant 【形】懷孕的 Ⓜ Ⓣ
[`prɛgnənt]

▶ **pre** 之前 + **gna** 出生 + **ant** 形容詞化

● 例句 ——
She is five months pregnant.
她懷孕五個月了。

prenatal 【形】產前的；出生前的 Ⓜ Ⓣ
[pri`netl]

▶ **pre** 之前 + **nat** 出生 + **al** 形容詞化

● 例句 ——
This gym offers prenatal workout classes for pregnant women.
這個健身房為懷孕婦女提供產前運動課程。

postnatal 【形】產後的；出生後的 Ⓜ Ⓣ
[post`netl]

▶ **post** 之後 + **nat** 出生 + **al** 形容詞化

● 例句 ——
She suffered postnatal depression.
她飽受產後憂鬱之苦。

innate 【形】天生的；固有的 Ⓜ Ⓣ
[`ɪn`et]

▶ **in** 之中 + **nate** 出生

● 例句 ——
Innate immunity is activated immediately upon infection.
一旦感染，先天免疫立刻被活化。

241

neo, new, nov = 新的

　　英文的原始印歐語 newo 意思是「新的」，也是經由拉丁文 nov 變化而來的。neon 是原子序數 10 的「氖」，源自「新的元素」，微量存在於空氣中，由於通過低電壓就會產生紅色的光，所以被用於霓虹燈管中。

innovate【動】創新；引進 Ⓜ Ⓣ
[`ɪnə,vet]

▸ in 之中 + nov 新的 + ate 成為

innovation【名】創新；引進 Ⓜ Ⓣ
innovative【形】創新的 Ⓜ Ⓣ

● 例句

The drive to constantly innovate product and process technology is highly visible.
產品及工藝技術不斷創新的需求是極明顯可見的。

The ipad is one of the latest innovations in computer technology.
IPad 是電腦科技方面的最新創新產品之一。

nova 【名】新星 Ⓜ Ⓣ

[ˋnovə]

● 例句 ——

A nova is an explosion from the surface of a white dwarf.

新星就是一顆白矮星表面的爆炸。

---

novel 【形】新型的 【名】小說 Ⓜ Ⓣ

[ˋnɑvl]

▸ **nov** 新的 + **el** 小的

● 例句 ——

The novel coronavirus is a global threat to human health.

新型冠狀病毒是對人類健康的全球威脅。

---

renewable 【形】可更新的 Ⓜ Ⓣ

[rɪˋnjuəbl]

▸ **re** 再次 + **new** 新的 + **able** 使能夠

● 例句 ——

Environmentalists would like to see fossil fuels replaced by renewable energy sources.

環保人士想要看到化石燃料被可再生的能源所取代。

---

renovate 【動】翻修；重做 Ⓜ Ⓣ

[ˋrɛnəˏvet]

▸ **re** 再次 + **nov** 新的 + **ate** 成為

※ **renovation** 【名】翻修；重做 Ⓜ Ⓣ

● 例句 ——

The museum will be renovated this year.

這個博物館今年將翻修。

nerv, neuro = 神經、腱

!! 字源筆記

此字源由來是拉丁文 nervus 表示「腱」。組成動物神經組織的細胞稱為 neuron，亦即「神經原」。表示「精神官能症」的 neurosis 來自《neur 神經 + osis 症狀》。

nerve 【名】神經 Ⓜ Ⓣ

[nɜv]

nervous 【形】神經質的；緊張的 Ⓜ Ⓣ

● 例句

Once nerve cells in the brain die, they cannot be regenerated.
一旦大腦中的神經細胞死亡，它們就無法再生。

The disease affects the nervous system.
這種疾病影響神經系統。

neuron【名】神經元 ⓣ
[`njurɑn]
▸ **neuro** 神經 + **on** 物質
※**neural**【形】神經的 ⓜ ⓣ

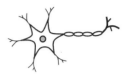

● 例句 ——
A neuron is a specialized type of cell found in the bodies of most animals.
神經元是在大多數動物體內被發現的一種特殊類型細胞。

neuralgia【名】神經痛
[njʊ`rældʒə]
▸ **neur** 神經 + **algia** 痛
　　　　　　　　 ⇒5

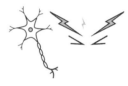

● 例句 ——
The medicine has the specific virtue of curing neuralgia.
這種藥物具有治療神經痛的特殊功效。

neuritis【名】神經炎
[njʊ`raɪtɪs]
▸ **neur** 神經 + **itis** 炎症

● 例句 ——
I'm suffering from neuritis.
我正飽受神經炎之苦。

neurologist【名】神經科醫生 ⓜ ⓣ
[njʊ`rɑlədʒɪst]
▸ **neuro** 神經 + **log** 話；語言 + **ist** 人
※**neurology**【名】神經學

● 例句 ——
It seems he needs to have an evaluation by a neurologist.
他似乎需要接受神經科醫生的評估。

nomi, nym = 名字

😊 nomi、nym 是 name 的意思。nominal 是「只有名字的」，也就是名義上的、有名無實的。加上表示「無」的 a，anonymous 是指「匿名的、不記名的、無作者的」。nominate 是「提名、指名」的意思。acronym 是「首字母縮略字」，來自《acro 高的 + nym 名字》，意思就是只取每個字的首字母連成一個單字來發音。

synonym【名】同義詞 Ⓜ Ⓣ

[ˋsɪnəˌnɪm]

▶ **syn** 共同 + **nym** 名字

antonym【名】反義詞 Ⓜ Ⓣ

● 例句

Some people use "gender" as a synonym for sex.
有些人將 gender 當作 sex 的同義詞來使用。

"Short" is the antonym of "long".
Short 是 long 的反義詞。

acronym 【名】首字母縮略字 ⓣ

[ˈækrənɪm]

▸ **acro** 高；頂 + **nym** 名字
　　⇒ 1

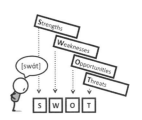

● 例句 ——

SWOT analysis is an acronym for Strengths,
Weaknesses, Opportunities and Threats.
SWOT 分析是優勢 (strengths)、劣勢 (weakness)、
機會 (opportunity) 和威脅 (threat) 的首字母縮略字。

---

nominal 【形】名義上的；公（標）稱的；額定的 Ⓜ ⓣ

[ˈnɑmənl̩]

▸ **nomin** 名字 + **al** 形容詞化

● 例句 ——

A nominal dimension is a standardized
measurement of parts.
公稱尺寸是一種零件的標準化測量尺寸。

---

nomenclature 【名】命名法；術語

[ˈnomənˌkletʃə]

▸ **nomen** 名字 + **clat** 稱呼 + **ure** 名詞化

● 例句 ——

This nomenclature is named after the inventor.
這個命名法是依發明者來命名。

---

denominator 【形】分母

[dɪˈnɑməˌnetə]

▸ **de** 完全地 + **nominate** 命名 + **or** 做動作者
※ **denomination** 【名】（貨幣等的）面額；
　（度量衡等的）單位

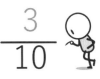

● 例句 ——

In the fraction 3/10, the denominator is 10 and the numerator is 3.
在 3/10 這個分數中，10 是分母，3 是分子。

nyct, noct, nox = 夜晚

!! **字源筆記**

😊 nocturne 是帶有抒情旋律的「夜曲」。vernal equinox 和 autumnal equinox 是一年當中白天與黑夜長度幾乎相等的日子,亦即二十四節氣中的「春分」和「秋分」。

---

nocturnal 【形】夜的;夜行的 Ⓜ Ⓣ

[nɑk`tɝnḷ]

▸ **nocturn** 夜 + **al** 形容詞化

● 例句

The bat is a nocturnal animal.
蝙蝠是夜行性動物。

He spends the nocturnal hours in his observatory.
他在自己的瞭望台度過夜晚的時間。

equinox【名】晝夜平分時（春分或秋分）
[`ikwə͵nɑks]

▸ **equi** 相等的 + **nox** 夜
⇒44

● 例句 ——
There are many tourists around the autumnal equinox.
在秋分時有許多觀光客。

nyctalopia【名】夜盲症
[͵nɪktə`lopɪə]

▸ **nyct** 夜 + **al** 形容詞化 + **opia** 眼
⇒110

● 例句 ——
Nyctalopia is thought to be caused by vitamin A deficiency.
夜盲症被認為是維生素 A 不足所導致。

nyctophobia【名】黑暗恐懼症
[͵nɪktə`fobɪə]

▸ **nycto** 夜 + **phobia** 恐懼
⇒123

● 例句 ——
Nyctophobia is common, especially among young children.
黑暗恐懼症在年幼兒中特別常見。

noctiluca【名】夜光蟲；夜光藻（在台灣也稱為藍眼淚）
[͵nɑktɪ`lukə]

▸ **nocti** 夜 + **luca** 發光

● 例句 ——
Noctiluca visibly aggregate at the sea surface.
可見到夜光藻明顯聚集在海面上。

ocu(l) = 眼

> !! 😊 **字源筆記**
>
> 　　源自原始印歐語 okw，有「看見、看得見」的意思。
> inoculate 是指「給……注射預防針」，字源為《in 之中 +
> ocul 眼→芽 + ate 動詞化》，意思是將能促進免疫力的胚或芽
> 植入人體。「預防接種」是 inoculation。

---

ocular 【形】眼睛的；視覺的

[ɑkjulər]

▶ ocul 眼 + ar 形容詞化

oculist 【名】眼科醫生

● 例句

Ocular dysmetria makes it difficult to focus vision onto one
object.
眼睛辨距不良使人很難將視線聚焦在一個物體上。

The oculist gave me a prescription for new eyeglasses.
眼科醫生開給我配新眼鏡的處方。

binoculars 【名】雙筒望眼鏡 Ⓜ Ⓣ

[bɪˋnɑkjələs]

▸ **bi** 2 + **ocular** 眼的

※ **binocular** 【形】雙眼的 Ⓜ Ⓣ

● 例句 ——

I always carry my binoculars while traveling.
在旅行時我總是帶著望眼鏡。

monocular 【形】單眼的 Ⓣ

[məˋnɑkjələ]

▸ **mono** 1 + **ocular** 眼的

● 例句 ——

He published a series of papers on monocular
and binocular vision.
他發表了一系列有關單眼及雙眼視覺的論文。

intraocular 【形】眼內的

[͵ɪntrəˋɑkjələ]

▸ **intra** 在內 + **ocular** 眼的

● 例句 ——

Increased intraocular pressure results in glaucoma.
眼壓升高會導致青光眼。

preocular 【形】眼前部的

[priˋɑkjələ]

▸ **pre** 之前 + **ocular** 眼的

※ **retroocular** 【形】眼後的

※ **supraocular** 【形】眼球上方的

● 例句 ——

The disease is related to abnormal changes in lipids
and proteins in the preocular tear film.
這種疾病與眼睛前部淚膜中脂質和蛋白質的異常變化有關。

opt = 眼、目

☺　　與 ocu(l) 一樣是源自原始印歐語中有「看見、看得見」意思的 okw。optical illusion 是「視錯覺」。triceratops 是稱為「三角龍」的「三角龍屬」，來自《tri 3 + cera 角 + ops 眼睛 → 臉》，意即「有三個臉」。

---

optic【形】光學的；眼的；視力的 Ⓜ Ⓣ
[ˋɑptɪk]

▶ opt 眼 + ic ～的

optical【形】光學的；眼的；視力的 Ⓜ Ⓣ
optician【名】配鏡師（商）Ⓜ Ⓣ

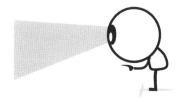

● 例句

The optic nerve transmits visual information from the retina to the brain.
視神經將視覺資訊從視網膜傳送至大腦。

This looks longer than that, but it is an optical illusion.
這個看起來比那個長，但這是一種視錯覺。

autopsy 【名】解剖;驗屍 Ⓜ Ⓣ

[`ɔtɑpsɪ]

▶ **auto** 自己 + **ops** 眼 + **y** 名詞化

● 例句 ——

The police didn't make the autopsy public.
警方沒有公開驗屍。

---

myopia 【名】近視 Ⓣ

[maɪ`opɪə]

▶ **my** 關閉 + **opia** 眼

● 例句 ——

The new contact lenses will correct my myopia.
這副新的隱形眼鏡會矯正我的近視。

---

hyperopia 【名】遠視

[ˌhaɪpə`ropɪə]

▶ **hyper** 超越;過度 + **opia** 眼

● 例句 ——

Eyeglasses are the simplest and safest
way to correct hyperopia.
眼鏡是矯正遠視最簡單而安全的方法。

---

presbyopia 【名】老花眼

[ˌprɛzbɪ`opɪə]

▶ **presby** 老人 + **opia** 眼

● 例句 ——

It seems I need a pair of spectacles for
presbyopia.
我似乎需要一副老花眼鏡了。

ord = 順序

　　batting order 是棒球的「打序」，亦即「打擊順序」。
order 原本的意思是「順序」，依照順序排列的狀態衍生出
「秩序」的意思，而由透過命令指使他人依順序排列則衍生出
「命令」、「點菜」、「訂購」等意思。

---

order 【名】順序；命令；訂單【動】命令；點餐 Ⓜ Ⓣ
[ˋɔrdə]

orderly 【形】整齊的 Ⓜ Ⓣ

● 例句

The lists are in alphabetical order of family name.
這些名單是按姓氏的字母順序排列。

The tools were arranged in orderly rows.
這些工具被整齊地放置成排。

---

disorder 【名】失調；混亂 Ⓜ Ⓣ
[dɪsˋɔrdə]

▶ **dis** 脫離 + **order** 順序

● 例句 ——
After two years of therapy, she was able to conquer her eating disorder.
在兩年的治療之後，她終於能克服飲食失調。

---

ordinal 【形】序數的
[ˋɔrdɪn̩l]

▶ **ord** 順序 + **al** 形容詞化

● 例句 ——
Write the ordinal numbers from 1 to 10.
從 1 至 10 將序數寫出。

---

ordinate 【名】縱坐標
[ˋɔrdn̩ˏet]

▶ **ord** 順序 + **ate** 名詞化

● 例句 ——
Usually the dependent variable is plotted on the ordinate.
通常因變數會在縱坐標上標示出來。

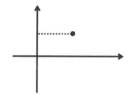

---

coordinate 【名】座標【動】協調 Ⓜ Ⓣ
[koˋɔrdn̩et]

▶ **co** 共同 + **ord** 順序 + **ate** 名詞化
※ **coordination** 【名】協調；整理

● 例句 ——
Cartesian geometry is the study of geometry using a coordinate system.
笛卡兒的幾何學是利用座標系統的幾何學研究。

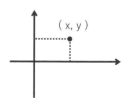

org, surg = 製作、執行

表「能量」的 energy 和表「過敏」的 allergy 都是源自有「工作」之意涵的希臘文 ergon，它變形後就成了 org 和 surg。

organ 【名】器官；有機體；機關 Ⓜ Ⓣ
[ˋɔrgən]
▶ 器官＝用來工作的東西

organic 【形】器官的；有機（物）的 Ⓜ Ⓣ
inorganic 【形】無機的；無生物的 Ⓜ Ⓣ
organization 【名】組織 Ⓜ Ⓣ

● 例句

Each organ has its function.
每個器官都有它的功能。

Small molecules play a fundamental role in organic chemistry and biology.
在有機化學與生物學中，小分子扮演著基本而重要的角色。

organism 【名】有機體；微生物 Ⓜ Ⓣ

[ˋɔrgənˏɪzəm]

▸ **organ** 器官 + **ism** 名詞化

● 例句 ──

Human beings are complex organisms.
人類是複雜的有機體。

---

organelle 【名】細胞器；胞器

[ˏɔrgəˋnɛl]

▸ **organ** 器官 + **elle** 小的

● 例句 ──

The mitochondrion is the organelle that supplies
energy to the cell.
粒線體是供給能量給細胞的細胞器。

---

surgeon 【名】外科醫生 Ⓜ Ⓣ

[ˋsɝdʒən]

▸ **surg** 執行 + **on** 人

● 例句 ──

She is a brain surgeon.
她是位腦外科醫生。

---

surgery 【名】外科手術 Ⓜ Ⓣ

[ˋsɝdʒərɪ]

▸ **surg** 執行 + **ery** 名詞化
※**surgical** 【形】外科的 Ⓜ Ⓣ

● 例句 ──

The patient needs an urgent surgery.
這病人需要緊急手術。

osteo = 骨

!! 字源筆記 :)

　　源自原始印歐語之 ost 有「骨」的意思，由希臘文的 osteo 變形而來。在古希臘雅典城邦，人民能使用陶片來投票將可能會成為威脅雅典民主制度的政治人物驅逐，這稱為 ostracism，譯為「陶片放逐制」或「貝殼放逐制」。另外，被稱為海中牛奶「牡蠣」的 oyster 也是來自相同字源。

ossify 【動】骨化；使硬化

[ˈɑsəˌfaɪ]

▶ oss 骨 + fy 成為

ossification 【名】骨化

● 例句

The cartilages ossified with age.
軟骨隨著年紀增長而骨化。

Calcification is often confused with ossification.
鈣化常與骨化相混淆。

osteoporosis 【名】骨質疏鬆 Ⓜ

[ˌɑstɪopəˈrosɪs]

▶ **osteo** 骨 + **por** 通過 + **osis** 症狀

● 例句 ──

Heavy metals such as lead and cadmium can make osteoporosis worse.

鉛和鎘等重金屬會使骨質疏鬆症惡化。

---

osteoma 【名】骨腫瘤

[ˌɑstɪˈomə]

▶ **osteo** 骨 + **oma** 腫瘤

● 例句 ──

Osteoid osteoma is a benign tumor of the bone.

類骨腫瘤是一種良性的骨腫瘤。

---

osteitis 【名】骨炎

[ˌɑstɪˈaɪtɪs]

▶ **oste** 骨 + **itis** 炎症

● 例句 ──

Osteitis results in edema, or swelling, of the adjacent bone marrow.

骨炎導致鄰近骨髓腫或脹。

---

osteolysis 【名】骨質溶解

[ˌɑstɪˈɑlɪsɪs]

▶ **osteo** 骨 + **ly** 解開 + **sis** 名詞化
⇒ 77~78

● 例句 ──

Distal clavicle osteolysis is a condition that affects mainly weightlifters.

鎖骨末端骨溶解是一種主要影響舉重者的病症。

ova, ovo = 卵

!! 😊 字源筆記

「卵」的希臘文是 oon，拉丁文是 ovum。oval 是「卵形的」，uniovular 是指「單卵的」，diovular 則是指「双卵的」。

---

oval【形】橢圓形的；卵形的 ⓣ

[ˋovl]

▶ ova 卵 + al 形容詞化

ovum【名】卵子

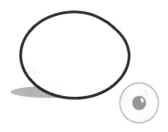

● 例句

The trees bear oval fruits called cacao pods on their trunks.
這些樹的樹幹上長出橢圓形、被稱為可可豆的果實。

A fertilized ovum is called a zygote.
受精的卵子被稱為受精卵。

ovary 【名】卵巢；子房（雌性植物）⊤
[`ovərɪ]

▶ ova 卵 + ary 場所

※ovarian 【形】卵巢的；子房的

● 例句 ——

In this condition, tumor cells rarely spread
outside of the ovary.

在此情況下，腫瘤細胞很少擴散至卵巢外。

obovate 【形】倒卵形的
[ɑb`ovet]

▶ ob 相對；相反 + ova 卵 + ate 形容詞化

● 例句 ——

An obovate leaf is broadest above the middle and
roughly 2 times as long as it is wide.

一片倒卵形的樹葉在中間以上的部分最寬，且葉子長度大約
是寬度的兩倍。

oviduct 【名】輸卵管
[`ovɪˌdʌkt]

▶ ovi 卵 + duct 導引
⇒41~42

● 例句 ——

Inside the hen, there is an ovary and an oviduct.

在母雞體內有一個卵巢及一條輸卵管。

ovogenesis 【名】卵子生成
[ˌouvə`dʒɛnəsɪs]

▶ ovo 卵 + gene 出生 + sis 狀態
⇒60~62

● 例句 ——

Ovogenesis in mammals is considered as limited
to the province of embryology.

哺乳動物的卵子生成被認為僅限於胚胎學的領域。

oxy, oxi = 氧

　　不只劇毒，還具有強大的致畸性、致癌性的「戴奧辛」，英文是 dioxin，來自《di 2 + ox 氧 + in 化學物》。二氧化碳的化學式為 CO_2，英文是 carbon dioxide，而 dioxide 的 di 在拉丁文中是「2」的意思，指具有 2 個原子的氧化物。

oxidize【動】氧化；生鏽 Ⓜ Ⓣ

[`ɑksəˌdaɪz]

▶ oxi 氧 + ize 成為

oxidant【名】氧化劑 Ⓜ Ⓣ

oxidation【名】氧化（作用）Ⓜ Ⓣ

● 例句

Attempts to reduce or oxidize the +3 ion in solution have failed.
嘗試還原或氧化溶液中的正 3 價離子失敗了。

The liquid hydrogen serves as a fuel and the liquid oxygen as an oxidant.
液態氫的作用是燃料，而液態氧是氧化劑。

oxygen 【名】氧氣 Ⓜ Ⓣ
[`aksədʒən]

▸ **oxy** 氧 + **gen** 生出

● 例句 ——
Oxygen accounts for 20% of air.
氧氣佔空氣的 20%。

---

anoxemia 【名】(血液) 缺氧症
[ˌænak`simɪə]

▸ **an** 否定 + **ox** 氧 + **emia** 血症

● 例句 ——
One patient died 4 days after the operation
because of anoxemia in the brain.
因為腦缺氧，一位病患在手術完四天後死亡。

---

hypoxemia 【名】低氧血症
[ˌhaɪpak`simɪə]

▸ **hypo** 低下 + **ox** 氧 + **emia** 血症

● 例句 ——
Severe hyperglycemia is characterized by
acidemia and hypoxemia.
嚴重高血糖症的特徵是酸血症和低氧血症。

---

monoxide 【名】一氧化物 Ⓜ Ⓣ
[man`aksaɪd]

▸ **mono** 1 + **ox** 氧 + **ide** 物質

● 例句 ——
Carbon monoxide is a poisonous gas that has
no color or odor.
一氧化碳是一種無色無味的有毒氣體。

part, port = 部分、分開

😊 「百貨公司」的英文 department store 是來自店內各自分開的賣場。分隔房間的「隔板」是 partition。particle 是「粒子」，PM2.5 的 PM 是 particulate matter 的簡稱，直徑約 2.5 微米 (μm) 以下的超小粒子。

proportion【名】部分；比例 Ⓜ Ⓣ
[prə`porʃən]

▸ **pro** 向前 + **port** 部分 + **ion** 名詞化

proportional【形】成比例的【名】比例項 Ⓜ Ⓣ

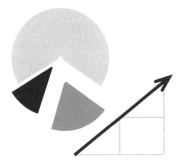

● 例句

A is in inverse proportion to B.
A 與 B 成反比。

If y is directly proportional to x, this can be written as y ∝ x.
如果 Y 與 X 成正比，則可以寫成 Y ∝ X。

partial 【形】部分的；不公平的 Ⓜ Ⓣ
[ˋparʃəl]

▸ **part** 部分 + **ial** 形容詞化

● 例句 ——
A partial solar eclipse is more common than a total solar eclipse.
日偏蝕比日全蝕更常見。

---

department 【名】部門；科系 Ⓜ Ⓣ
[dɪˋpɑrtmənt]

▸ **de** 脫離 + **part** 部分 + **ment** 名詞化

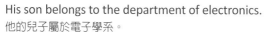

● 例句 ——
His son belongs to the department of electronics.
他的兒子屬於電子學系。

---

particle 【名】粒子 Ⓜ Ⓣ
[ˋpɑrtɪkl]

▸ **part** 部分 + **cle** 小的
※**particulate** 【形】微粒的 【名】微粒 Ⓣ

● 例句 ——
In particle physics, an elementary particle is one of a variety of particles simpler than atoms.
在粒子物理學中，一個基本粒子是比原子更簡單的多種粒子之一。

---

compartment 【名】隔間；包廂 Ⓜ Ⓣ
[kəmˋpɑrtmənt]

▸ **com** 一起；共同 + **part** 部分 + **ment** 名詞化
engine compartment 發動機機艙

● 例句 ——
There's a flashlight in the glove compartment.
在手套雜物箱裡有手電筒。

path, pass = 感覺、忍受

!! 字源筆記

　　「基督受難記」是 the passion of the Christ，這裡的 pass 是指「內心感受到的事」。active 是「積極的、主動語態的」，反義詞是 passive「被動的、被動語態」。動作的被動者 patient 有「忍耐的、患者」的意思。零件的「相容性」是 compatibility，這是來自「一同堅持下去」的意思。passion 則有「熱情」的意思。

---

compatible【形】相容的；可共存的 Ⓜ Ⓣ

[kəmˋpætəbl̩]

▸ **com** 共同 + **pat** 忍受 + **ible** 使能夠

compatibility【名】相容性；一致 Ⓜ Ⓣ

● 例句

This printer is compatible with most personal computers.
這台印表機和大部分個人電腦都相容。

This product complies with the EMC (Electromagnetic Compatibility) directive.
此產品用 EMC（電磁相容性）指令編譯。

passive【形】被動的；消極的；順從的 Ⓜ Ⓣ
[`pæsɪv]
▸ **pass** 忍受 + **ive** 形容詞化

● 例句 ——
The new law aims to curb passive smoking in public places.
新法的目標是遏止公共場所二手菸（被動吸菸）。

patient【名】病患【形】有耐心的 Ⓜ Ⓣ
[`peʃənt]
▸ **pati** 忍受 + **ent** 人；有某特性者
※**patience**【名】耐心；堅韌

● 例句 ——
The patients were thoroughly examined.
這些病人接受了徹底的檢查。

sympathetic【形】有同情心的；交感神經的 Ⓜ Ⓣ
[ˌsɪmpə`θɛtɪk]
▸ **sym** 共同 + **path** 感覺 + **ic** ～的
※**sympathy**【名】同情；支持

● 例句 ——
The sympathetic nervous system is part of the autonomic nervous system.
交感神經系統是自律神經系統的一部分。

compassionate【形】慈悲的 Ⓜ Ⓣ
[kəm`pæʃənɪt]
▸ **com** 共同 + **pass** 感覺 + **ion** 名詞化 + **ate** 形容詞化
※**compassion**【名】慈悲；惻隱之心 Ⓜ Ⓣ

● 例句 ——
Compassionate use allows patients to take medicines that have not yet been approved.
恩慈療法允許病患服用未被批准的藥。

ped, pod = 腳、足

pedicure 是指「腳和腳趾甲的修整」。有一百隻腳的「蜈蚣」叫 centipede，來自拉丁文的 centipeda。decapod 來自《deca 10 + pod 腳》，是指蝦子或章魚等的「十足類」。腳踏車的踏板 pedal 也來自同語源。tetrapod 是吸收海浪衝擊的「消波塊」，來自《tetra 4 + pod 腳》。tripod 來自《tri 3 + pod 腳》，有「三隻腳」的意思。

impede【動】阻礙；阻止 Ⓜ Ⓣ

[ɪmˋpid]

▸ im 之中 + ped 足

impediment【名】障礙；困難 Ⓜ Ⓣ

impedance【名】〔電〕阻抗 Ⓣ

● 例句

The use of these drugs may even impede the patient's recovery.
這些藥物的使用甚至可能阻礙病患的康復。

He has a speech impediment that comes out mainly when he's nervous.
他有語言障礙，主要是在緊張時會發生。

pedometer 【名】計步器 ⓣ
[pɪˋdɑmətə]

▸ **pedo** 足 + **meter** 計算；測量
⇒94

● 例句 ——
I always wear a pedometer.
我總是載著計步器。

---

pediatrics 【名】小兒科（學）Ⓜ ⓣ
[ˌpidɪˋætrɪks]

▸ **ped** 兒童 + **atrics** 治療

過去，足部疾病的患者以小孩居多，以致 ped 衍生
出「幼兒」的意思。

● 例句 ——
Her son stays in the pediatrics ward of the hospital.
她的兒子住在醫院的小兒科病房中。

---

orthopedic 【形】骨科的；矯形的
[ɔrθəˋpidɪk]

▸ **ortho** 直的；正的 + **ped** 足 + **ic** ～的
※**orthopedics** 【名】骨科（學）

● 例句 ——
The patient underwent major orthopedic procedures.
這位病患經歷了大型骨科手術。

---

quadruped 【形】四足的【名】四足動物 ⓣ
[ˋkwɑdrəˌpɛd]

▸ **quadr** 4 + **ped** 足
※**biped** 【形】兩足的【名】兩足動物 ⓣ

● 例句 ——
The company has developed a quadruped robot.
這家公司開發了一種四足機器人。

pend = 垂吊、懸

　　suspense drama 是會讓人提心吊膽的「懸疑電視劇」。pendant 是掛在胸前的「垂飾」，來自拉丁文中有「下垂的」之意的 pendere。pending 是「吊在空中的狀態」，也就是「懸而未決」的意思。

dependent【形】依賴的；取決的 Ⓜ Ⓣ
[dɪˋpɛndənt]

▸ **de** 向下 + **pend** 垂吊；懸 + **ent** 形容詞化

independent【形】獨立的 Ⓜ Ⓣ

● 例句

He is alcohol-dependent.
他是個酒精依賴者。

A dependent variable is a variable whose value depends upon independent variables.
因變量是其值取決於自變量的變量。

suspend 【動】暫停；中止；懸吊 Ⓜ Ⓣ
[sə`spɛnd]

▸ **sus** 在下 + **pend** 垂吊；懸

※ **suspension** 【名】(汽車) 懸吊系統

● 例句 ——

The dust particles are suspended in the air and do not settle to the bottom.

灰塵粒子懸浮在空中，並不會沉落至底部。

---

perpendicular 【形】垂直的
[ˌpɝpən`dɪkjələ]

▸ **per** 完全地 + **pend** 垂吊；懸 + **cul** 小的 + **ar** 形容詞化

● 例句 ——

The center is the point of intersection of any two perpendicular bisectors.

任何兩條垂直平分線的交會點就是中心。

---

pendulum 【名】鐘擺；擺錘
[`pɛndʒələm]

▸ **pend** 垂吊；懸 + **ulum** 名詞化

● 例句 ——

The pendulum's period of swing is in proportion to its length, not its weight.

擺錘的擺動週期是與它的長度成正比，而非重量。

---

appendicitis 【名】闌尾炎；盲腸炎 Ⓜ Ⓣ
[əˌpɛndə`saɪtɪs]

▸ **a(p)** 朝向～ + **pend** 垂吊；懸 + **itis** 炎症

● 例句 ——

He has appendicitis.

他得了盲腸炎。

peps = 消化

　　美國兩大可樂公司之一的百事可樂 Pepsi，其名稱來自消化性酵素 pepsin。而 peptide 就是「肽」，意指含有兩個以上胺基酸連結，能組成肽鍵的化合物。

---

pepsin 【名】胃蛋白酶
[ˈpɛpsɪn]

▸ peps 消化 + in 物質

peptic 【形】消化性的；胃蛋白酶的

● 例句

Pepsin is the first in a series of enzymes that digest proteins.
胃蛋白酶是一系列消化蛋白質的酵素中的第一個。

The drug is used to treat peptic ulcers.
這個藥物被用來治療消化性潰瘍。

dyspepsia 【名】消化不良

[dɪˋspɛpʃə]

▸ **dys** 惡的 + **peps** 消化 + **ia** 症狀

● 例句 ──

He suffers from chronic dyspepsia.
他飽受慢性消化不良之苦。

---

hypopepsia 【名】消化不良

[ˌhaɪpəˋpɛpʃə]

▸ **hypo** 低下 + **peps** 消化 + **ia** 症狀

● 例句 ──

Hypopepsia refers to impaired digestion owing to lack of pepsin.
消化不良指因為胃蛋白酶不足而消化受損。

---

eupepsia 【名】消化良好

[juˋpɛpʃə]

▸ **eu** 好的 + **peps** 消化 + **ia** 症狀

● 例句 ──

A good quality of sleep contributes to eupepsia.
好的睡眠品質有助於良好的消化。

---

pepsinogen 【名】胃蛋白酶原

[pɛpˋsɪnədʒən]

▸ **pepsin** 胃蛋白酶 + **gen** 出生；種子
⇒ 60~62

● 例句 ──

Pepsinogen is the inactive precursor of the digestive enzyme, pepsin.
胃蛋白酶原是消化酵素，胃蛋白酶，的無活性前體。

phan, phen, phas = 看得見

幽靈戰鬥機 phantom fighter 會像幽靈一樣隱藏行蹤。fancy「妄想、幻想」和 fantasy「妄想、夢想」也出自相同語源。phantom line 則是「假想線」。

emphasize【動】強調

[ˋɛmfəˌsaɪz]

▶ **em** 在內 + **phas** 看得見 + **ize** 成為

emphasis【名】強調；重視

● 例句

The doctor emphasized that the patient had only a few days to live.
醫生強調，病患只有幾天可活。

Scientists place the most emphasis on the results of experiments rather than on theory.
科學家最強調的是實驗的結果而非理論。

phase 【名】階段；時期；狀態
[fez]

● 例句 ——
The fishing haul depends on the phase of the moon and weather.
漁獲量視月亮及天氣的情況而定。

phenomenon 【名】現象；奇蹟
[fəˋnɑmə͵nɑn]
▸ **phen** 看得見 + **menon** 已完成的東西

● 例句 ——
A rainbow is a natural phenomenon.
彩虹是個自然現象。

phenol 【名】酚類化合物；苯酚
[ˋfinɔl]
▸ **phen** 發光 + **ol** 物質

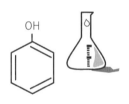

● 例句 ——
Phenol is a white crystalline solid that is volatile.
苯酚是一種揮發性的白色結晶體。

polyphenol 【名】多酚 Ⓜ
[͵pɑliˋfinɔl]
▸ **poly** 多；複 + **phenol** 酚
　　⇒128

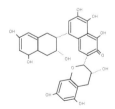

● 例句 ——
Tea contains polyphenol compounds, particularly catechins.
茶飲中含有多酚化合物，特別是兒茶素。

philia = 喜愛、親～

　　Philadelphia 即美國的都市「費城」，字源為《phila 親～ + adelphia 兄長》，pedophilia 來自《pedo 幼兒 + philia 喜愛》，是「戀童癖」的意思。

hemophilia【名】血友病 Ⓜ
[ˌhiməˈfɪlɪə]

▸ **hemo** 血液 + **philia** 喜愛；親～
⇒67

hemophiliac【名】血友病患者【形】血友病患者的

● 例句

Hemophilia is determined by a gene defect on an X chromosome.
血友病是由 X 染色體上的基因缺陷所決定。

He is a hemophiliac.
他是個血友病患者。

thermophilic 【形】嗜熱的 Ⓜ

[ˌθɜmoˈfɪlɪk]

▶ **thermo** 熱 + **philic** 喜愛；親～
⇒160

● 例句 ——

Thermophilic microorganisms prefer hot temperatures.

嗜熱性微生物偏愛高溫。

hydrophilic 【形】親水的 Ⓜ Ⓣ

[ˌhaɪdrəˈfɪlɪk]

▶ **hydro** 水 + **philic** 喜愛；親～
⇒69

● 例句 ——

This phenomenon may be explained by the fact that ethanol molecules have a hydrophilic tail.

這個現象可以用乙醇分子有親水的特性這個事實來作解釋。

acidophilic 【形】嗜酸的 Ⓜ Ⓣ

[ˌæsɪdoˈfɪlɪk]

▶ **acid** 酸 + **philic** 喜愛；親～
⇒1

● 例句 ——

Granular cell tumors were characterized by a proliferation of large cells with acidophilic granular cytoplasm.

粒狀細胞瘤的特徵是有嗜酸性粒狀細胞質的巨大細胞增生。

mesophilic 【形】嗜溫性的

[ˈmɛzəˌfɪlɪk]

▶ **meso** 中間 + **philic** 喜愛；親～

● 例句 ——

Mesophilic bacteria grow better at lower temperatures than thermophilic bacteria.

在較低的溫度時，嗜溫細菌成長得較嗜熱細菌更好。

phobia = 恐懼

　　acropolis 是在古雅典的小山丘上建立的「衛城」，即《acro 高的 + polis 都市》的意思。acrophobia 來自《acro 高的 + phobia 恐懼》，是「懼高症」。agoraphobia 來自《agora 廣場 + phobia 恐懼》，是「廣場恐懼症」的意思。

androphobia【名】男性恐懼症 Ⓜ

[ˌændrəˋfobɪə]

▸ andro 男性 + phobia 恐懼

android【名】安卓；機器人【形】人形機器 Ⓜ

● 例句

Not only women but men may suffer from androphobia.
不僅女性，男性也可能患有男性恐懼症。

An android is a robot designed to look and act like a human.
「安卓」是被設計成外觀和行為都像人類的機器人。

acrophobia 【名】懼高症 Ⓜ Ⓣ

[͵ækrə`fobɪə]

▶ **acro** 高的 + **phobia** 恐懼
　　⇒1

● 例句 ——

Acrophobia can range from fear when on the top
floor of a tall building, to fear of standing on a chair.

恐高症的範圍可從害怕站在高層建築的頂層到害怕站在椅子上。

---

aerophobia 【名】高空恐懼症；氣體恐懼症 Ⓜ

[`ɛrə`fobɪə]

▶ **aero** 空氣 + **phobia** 恐懼
　　⇒3

● 例句 ——

Aerophobia is an extreme fear of being in an
airplane, helicopter, or other flying objects.

高空恐懼症是一種害怕在飛機、直升機或其他飛行物體中的極度恐懼。

---

claustrophobia 【名】幽閉恐懼症 Ⓜ Ⓣ

[͵klɔstrə`fobɪə]

▶ **claustro** 關閉 + **phobia** 恐懼

● 例句 ——

People with claustrophobia describe it as
feeling trapped without an exit or way out.

有幽閉恐懼症的人描述它感覺像被困住，沒有出口或出路。

---

hydrophobic 【形】恐水的；疏水的 Ⓜ

[͵haɪdrə`fobɪk]

▶ **hydro** 水 + **phob** 恐懼 + **ic** ～的
　　⇒69

● 例句 ——

Synthetics like polyester and nylon are
naturally hydrophobic.

人造纖維如聚酯及尼龍具有疏水的特性。

photo = 光

😊　Miss Photogenic 是選美比賽中最上鏡的女性，照片 photograph 來自《photo 光 + graph 描繪下來的東西》。photochemical 來自《photo 光 + chemical 化學的》，意為「光化學的」，photochemical smog 就是指「光化學煙霧」。smog 是 smoke 和 fog 造出來的詞。

photograph 【名】照片【動】攝影

[ˋfotəˌgræf]

▸ **photo** 光 + **graph** 寫；畫
⇒ 66

● 例句

The oldest aerial photograph was taken from a hot air balloon.
最古老的航拍照片是從熱氣球上拍攝的。

Do not photograph the inside of the museum.
博物館內禁止攝影。

photogenic 【形】適合攝影的；發光的；光原性的 Ⓣ
[ˌfotəˈdʒɛnɪk]

▸ **photo** 光 + **gen** 種子；出生 + **ic** ～的
　　　　　　　⇒60~62

● 例句——

The photogenic bacteria were visible in the darkroom.
發光細菌在暗室中可見。

---

photosynthesis 【名】光合作用 Ⓜ Ⓣ
[ˌfotəˈsɪnθəsɪs]

▸ **photo** 光 + **syn** 同時 + **thesis** 放置

● 例句——

Photosynthesis is not limited to green plants.
光合作用不僅限於綠色植物。

---

photosensitive 【形】感光性的；光敏的 Ⓣ
[ˌfotəˈsɛnsətɪv]

▸ **photo** 光 + **sensitive** 敏感的
　　　　　　　　　⇒142

● 例句——

People with photosensitive epilepsy should consider limiting the time they spend watching TV.
有光敏性癲癇的人應該考慮限制他們看電視的時間。

---

photoelectron 【名】光電子 Ⓣ
[ˌfotoɪˈlɛktrɑn]

▸ **photo** 光 + **electron** 電子
　　　　　　　　⇒43

● 例句——

A photoelectron is an electron that is emitted from an atom or molecule by an incident photon.
光電子是由入射光子從原子或分子中所發射出的電子。

physic = 自然、成長、身體

　　足球和橄欖球經常有肢體互相碰撞的身體接觸，因此是 physical contact 的運動。有「實體的」之意的 physical 是來自拉丁文 physicalis，意為「自然」、「成長」、「身體」。「體育」的 PE 則是 physical education 的簡稱。

physical 【形】身體的；物質的 【名】身體檢查
[ˋfɪzɪkḷ]

▶ **physic** 身體 + **al** 形容詞化

● 例句

My father is a physical therapist.
我的父親是個物理治療師。

I don't want to see the results of my physical.
我不想看到我的身體檢查結果。

physician 【名】内科醫生 Ⓜ
[fɪˋzɪʃən]

▶ **physic** 身體 + **ian** 人

● 例句 ——
Nature is the best physician.
大自然是最好的醫生。

---

physics 【名】物理學
[ˋfɪzɪks]

▶ **physic** 自然 + **ics** 學問
※ **physicist** 【名】物理學家

● 例句 ——
Dynamics is a branch of physics.
力學是物理學的一個分支。

---

physiology 【名】生理學 Ⓜ
[ˌfɪzɪˋɑlədʒɪ]

▶ **physic** 身體 + **logy** 學問

● 例句 ——
The professor is an expert in brain physiology.
這位教授是腦生理學專家。

---

physique 【名】體格；體型
[fɪˋzik]

▶ **physic** 身體 + **que** 形容詞
  → 從形容詞變化成名詞

● 例句 ——
The difference in physique is not so important.
體格上的差異並不是很重要。

ple, pli, ply = 堆疊、折疊

😊　appliqué 是指裁切出各種形狀的小布或皮革，縫或貼在布料上以作為裝飾的手工藝，亦即「貼花」。replica 是「複製品」，來自《re 再次 + pli 編織 》。display 是《dis 不 + play 折起 》，不折疊起來的意思衍生出「展示（動詞）」。

complicated 【形】複雜的
[`kɑmpləˌketɪd]

▸ com 共同 + pli 堆疊 + ate 成為 + ed 已完成

complicate【動】使複雜；使惡化

● 例句

The mechanism of this machine is complicated.
這台機器的結構很複雜。

His disease was complicated by pneumonia.
他的病因併發肺炎而惡化了。

apply 【動】適用；應用
[ə`plaɪ]

▸ **ap** 朝向～ + **ply** 堆疊
※ **applied** 【形】應用的

● 例句 ——
The new technology was applied to farming.
這項新技術被應用於農業。

---

application 【名】申請；應用
[ˌæplə`keʃən]

▸ **apply** 應用 + **tion** 名詞化
※ **applicant** 【名】申請者

● 例句 ——
Attach your recent photo to your application form.
將你的近照附在申請表格裡。

---

employ 【動】雇用；運用（技術、方法）
[ɪm`plɔɪ]

▸ **em** 在內 + **ploy** 堆疊
※ **employment** 【名】就業；受雇者
※ **employer** 【名】雇主

● 例句 ——
Aluminium is employed as a pigment in paint.
鋁被當作油漆的顏料使用。

---

duplicate 【形】複製的；二重的 [`djupləkɪt]
　　　　　　　　【動】複製；拷貝 [`djupləˌket]

▸ **du** 2 + **pli** 堆疊 + **ate** 形容詞化

● 例句 ——
It is illegal to duplicate this software.
複製此軟體是違法的。

pnea, pneumono, pulmo = 呼吸、空氣

字源筆記

pnea 來自表示「呼吸」的希臘文 pnoia，pneum(ono) 則來自表示「肺」的 pneumon。sleep apnea syndrome 是「睡眠呼吸中止症」，apnea 來自《a 沒有 + pnea 呼吸 》，即「不呼吸」的意思。pulmonary 來自《pulmo 呼吸 + ary 形容詞化》，意指「肺的、肺病的」。

---

pneumonia 【名】肺炎 Ⓜ Ⓣ

[nju`monjə]

▸ **pneumon** 呼吸 + **ia** 症狀

pneumonitis

【名】肺炎（非傳染性，是由化學物或放射線所造成）

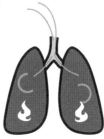

● 例句

He got acute pneumonia.
他得了急性肺炎。

Chemical pneumonitis is inflammation of the lung caused by aspirating irritants.
化學性肺炎是肺部因為吸入刺激物而引起發炎。

bradypnea 【名】呼吸徐緩 Ⓜ
[bræ`dɪpnɪə]

▸ **brady** 慢的 + **pnea** 呼吸

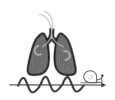

● 例句 ——
The rate at which bradypnea is diagnosed
depends on the age of the patient.
被診斷呼吸徐緩的速率是要視病患的年紀而定。

dyspnea 【名】呼吸困難 Ⓜ
[dɪsp`niə]

▸ **dys** 惡的 + **pnea** 呼吸

● 例句 ——
The patient complained of mild dyspnea.
病患主訴呼吸有些困難。

tachypnea 【名】呼吸急促 Ⓜ
[ˌtækɪp`niə]

▸ **tachy** 快速的 + **pnea** 呼吸

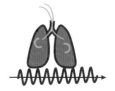

● 例句 ——
A respiratory rate faster than 60 breaths per
minute is called tachypnea.
每分鐘呼吸次數多於 60 即為呼吸急促。

hyperpnea 【名】呼吸過度 Ⓜ
[ˌhaɪpəp`niə]

▸ **hyper** 超過 + **pnea** 呼吸

● 例句 ——
Tachypnea differs from hyperpnea in that tachypnea is
rapid shallow breaths, while hyperpnea is deep breaths.
呼吸急促異於呼吸過度之處在於呼吸急促是快而淺的呼吸，而
呼吸過度是深呼吸。

poly = 多、複

!! 字源筆記

polygraph 是「多種波動描寫器」，能同時測定和記錄血壓、脈搏、呼吸、心電圖等，用以觀察這些生理現象變動的儀器。polyp 的字源是《poly 多的 + p(us) 足部》，除了有「息肉」的意思之外，也用來稱呼滿身觸手的海葵近親「水螅蟲」。其他用法包含 polycyclic 是「多環的、多週期的」、polygon 是「多角形」、polyclinic 是「綜合醫院」、polyester 是「聚酯」、polyethylene 是「聚乙烯」等。而 Polynesia「玻里尼西亞」則意指「眾多的島嶼」。＊注：polygraph 也可指「測謊機」。

---

polymer 【名】聚合物 ⓣ
[`pɑlɪmə]

▶ poly 多；複 + merit 優點

monomer 【名】單體

● 例句

A thermoplastic polymer is a type of plastic that changes properties when heated and cooled.
熱塑聚合物是一種當加熱及冷卻時會改變特性的塑膠。

A monomer is a molecule that may bind chemically to other molecules to form a polymer.
單體是一個可以與其他分子化學連結而形成聚合物的分子。

polyatomic 【形】多原子的 ⓣ
[ˌpɑlɪə`tɑmɪk]

▸ **poly** 多；複 + **atom** 原子 + **ic** ～的
⇒161

● 例句 ——

Most times the polyatomic ion will function as an anion,
but there are a few polyatomic ions that are cations.
大多時候多原子離子以陰離子發揮作用，但也有一些是陽離子。

---

polybasic 【形】多元的；多鹼的
[ˌpɑlɪ`besɪk]

▸ **poly** 多；複 + **basic** 鹼的

● 例句 ——

The most common polybasic acid is phthalic anhydride.
最常見的多元酸是鄰苯二甲酸酐。

---

polyhedron 【名】多角體；多面體
[ˌpɑlɪ`hidrən]

▸ **poly** 多；複 + **hedron** 立體物的表面

● 例句 ——

A polyhedron is a three-dimensional solid figure
in which each side is a flat surface.
多面體是一個三維的立體物體，其中每一邊都是一個平面。

---

polynomial 【形】多項式的【名】多項式 ⓣ
[ˌpɑlɪ`nomɪəl]

▸ **poly** 多；複 + **nomi** 名字 + **al** 形容詞化
⇒107

● 例句 ——

Factor the following polynomial expression
completely.
將下面的多項式作完全因式分解。

$$3x^3+5x^2-6x-4$$

pone, pose, posit = 放置 ①

component stereo 是「立體聲組合音響」，即分別購入播放器、擴大機、收音機、喇叭，再組合連接起來的 Hi-Fi 音響系統。component 來自《com 共同地 + pone 放置 + ent 名詞化》，有「成分」和「構成要素」的意思。purpose 來自《pur 之前地 + pose 放置》，意指「目的」。disposable 是「可棄式的」，字源為《dis 分離 + pose 放置 + able 可以》，由能夠分離置之不理的意思衍生出「使用後就丟棄的」。

compose 【動】組成；構成
[kəm`poz]

▸ com 共同；一起 + pose 放置

composite 【形】合成的
composition 【名】合成；構成；合成物 Ⓜ Ⓣ

● 例句

Water is composed of hydrogen and oxygen.
水是由氫與氧所組成。

The composition of functions is always associative.
函數的組合總是符合結合律。

decompose 【動】分解；腐敗 Ⓜ Ⓣ
[ˌdikəmˋpoz]

▶ **de** 脫離 + **compose** 組成

※ **decomposition** 【名】分解；腐敗

● 例句 ——

The shrimp eat the algae, and bacteria in the water decompose the shrimp feces.

蝦吃藻類，水中的細菌分解蝦的排泄物。

---

expose 【動】使暴露
[ɪkˋspoz]

▶ **ex** 向外 + **pose** 放置

exposure 【名】暴露；曝光

● 例句 ——

Don't expose this chemical to direct sunlight.

不要讓這些化學物質暴露於陽光直射下。

---

compound

【名】化合物；複合物 【形】複合的；混合的 [ˋkɑmpaʊnd]

【動】使混合；使化合 [kɑmˋpaʊnd]

▶ **com** 共同 + **pound** 放置

● 例句 ——

Water is a compound of hydrogen and oxygen.

水是氫與氧的化合物。

---

compost 【名】混合物；堆肥 【動】施堆肥 Ⓜ Ⓣ
[ˋkɑmpost]

▶ **com** 共同 + **post** 放置

● 例句 ——

Those residual solids are trucked to a composting company.

這些固態物的殘渣被運送至堆肥公司。

pone, pose, posit = 放置 ②

😊 正向思考 positive thinking 是指抱持樂觀並把握機會，《posit 放置 + ive 形容詞化》是「具備自信」的意思。

positive 【形】正面的；積極的；肯定的；陽性的
[ˈpɑzətɪv]

▸ **posit** 放置 + **ive** 形容詞化

negative 【形】負面的；消極的；否定的；陰性的

● 例句

If X is positive infinity, positive infinity is returned.
如果 X 是正的無限大，則傳回正的無限大。

The tuberculin reaction was negative.
結核菌素反應是陰性的。

opposite 【形】相反的；對面的
[`ɑpəzɪt]

▸ **op** 朝向～ + **posite** 放置

● 例句 ——

Opposite angles of a rhombus are congruent.
菱形的對角是等角的。

---

deposit 【名】沉澱；存款；押金【動】使沉澱；放置
[dɪ`pɑzɪt]

▸ **de** 向下 + **posit** 放置

● 例句 ——

These insects deposit their eggs in the ground.
這些昆蟲將它們的卵產在地裡。

---

supposition 【名】推測；想像；見解
[ˌsʌpə`zɪʃən]

▸ **sup** 在下 + **posit** 放置 + **ion** 名詞化
※ **suppose**【動】認為；想像；推測

● 例句 ——

The theory is based on mere supposition.
這個理論純粹是基於假設。

---

suppository 【名】栓劑 Ⓜ
[sə`pɑzəˌtorɪ]

▸ **sup** 在下 + **posit** 放置 + **ory** 所在

● 例句 ——

The doctor placed a suppository in her rectum.
醫生在她的直腸中放置了栓劑。

press = 推、擠、壓

press 來自拉丁文 premere，有「壓下」的意思。被沉重的感覺壓著的狀態叫 pressure，也就是「壓力」。「氣壓」則是 atmospheric pressure。impression 來自《im 自上方 + press 壓 + ion 名詞化》，是指「印象」。expression 來自《ex 向外 + press 壓 + ion 名詞化》，是「表現」的意思。

depress 【動】使沮喪；壓下

[dɪ`prɛs]

▶ de 向下 + press 壓

depression 【名】憂鬱；不景氣

● 例句

To stop, you have to depress the lever.
想要停下來，你必須壓下控制桿。

She has been suffering from depression since her husband died last year.
自從她丈夫去年過世以來，她一直飽受憂鬱之苦。

compress 【動】壓；壓縮 Ⓜ Ⓣ
[kəm`prɛs]

▸ **com** 完全地 + **press** 壓

※ **compression** 【名】壓縮；壓擠

※ **compressor** 【名】壓縮機

● 例句 ——

I would recommend to first compress the data
and then encrypt it.

我建議先壓縮資料然後再加密。

---

decompress 【動】使減壓；使解壓縮 Ⓣ
[ˌdikəm`prɛs]

▸ **de** 脫離 + **com** 完全地 + **press** 壓

※ **decompression** 【名】減壓

● 例句 ——

Most Macintosh computers can decompress files automatically.

大部分的麥金塔電腦能自動將檔案解壓縮。

---

expression 【名】表達；表示；表情
[ɪk`sprɛʃən]

▸ **ex** 向外 + **press** 壓 + **ion** 名詞化

※ **express** 【動】表現；表達

● 例句 ——

Solve the following numerical expressions. 解出下面的算式。

---

suppress 【動】壓抑；平定；禁止
[sə`prɛs]

▸ **sup** 在下 + **press** 壓

※ **suppression** 【名】壓抑；平定；禁止

※ **suppressor** 【名】抑制者；抑制物

● 例句 ——

The virus suppresses the body's immune system.

病毒會抑制人體的免疫系統。

psych = 心理、精神

字源筆記

　　psychic power 是「念力」，即通靈能力、超能力等超自然能力。在希臘神話中，絕世美女賽姬 (Psyche) 的故事強調，能支持著戀人們愛情的是為彼此著想的「心」。psychedelic 是「迷幻」的意思，迷幻搖滾樂則指陶醉於致幻劑產生的幻覺所創作的音樂。

psychiatry【名】精神病學 Ⓜ
[ˌsaɪˈkaɪətrɪ]

▸ **psych** 心理；精神 + **atry** 治療

psychiatric【形】精神病學的
psychiatrist【名】精神科醫師

● 例句

She is working in the psychiatry department of that hospital.
她在那家醫院的精神科工作。

More young people are being treated with psychiatric drugs.
越來越多年輕人正在接受精神藥物治療。

psychic 【形】精神的；超自然的
[`saɪkɪk]

▶ **psych** 精神 + **ic** ～的

※**psychotic**【形】精神病的【名】精神病患

● 例句 ——

Do you believe in psychic power?
你相信有超自然力量嗎？

---

psychology 【名】心理學
[saɪ`kɑlədʒɪ]

▶ **psych** 心理；精神 + **logy** 學問

※**psychological**【形】心理學的

※**psychologist**【名】心理學家

● 例句 ——

My specialization was clinical psychology.
我的專業是臨床心理學。

---

psychogenic 【形】心理性的；精神起因的
[ˌsaɪko`dʒɛnɪk]

▶ **psycho** 心理；精神 + **gen** 種子；出生 + **ic** ～的
　　　　　　　　　　　⇒60~62

● 例句 ——

During a psychogenic seizure, there is no change
in brain activity.
在精神性疾病發作期間，大腦活動沒有任何變化。

---

psychokinesis 【名】意志力
[ˌsaɪkokɪ`nisɪs]

▶ **psych** 精神 + **kinesis** 運動
　　　　　　　　　⇒74

● 例句 ——

The boy can bend a spoon with psychokinesis.
那男孩能用意志力使湯匙彎曲。

radi = 光、光線

radium 是一種鹼土金屬「鐳」、典型的放射性元素。radar 是發送無線電波並接收反射波的「雷達」，由 radio detecting and ranging 的首字母縮寫所造出的詞。光線 ray 和無線電 radio 也來自同字源。radial-ply tire 是「輻射層輪胎」，意指胎體以中心放射狀排列的輪胎。

---

radiate 【動】（光、熱等）輻射，散發

[`redɪˌet]

▸ radi 光線 + ate 成為

radiation 【名】輻射；放射
radiant 【形】放射的
radiator 【名】散熱器；冷卻器

● 例句

The sun radiates both heat and light.
太陽散發光與熱。

Radiation given off by the radioisotope may help kill the cancer cells.
由放射性同位素所釋放的輻射可能有助於殺死癌細胞。

irradiate 【動】以放射線照射；照亮 Ⓣ

[ɪˋredɪet]

▸ **ir** 在內 + **radi** 光線 + **ate** 成為

※**irradiation**【名】發光；照耀

● 例句──

He irradiated cancer cells in order to destroy the DNA inside their nuclei.

他以放射線照射癌細胞，目的是破壞細胞核裡的 DNA。

radius 【名】半徑；範圍 Ⓣ

[ˋredɪəs]

▸ 光線從中心出發所能照射的範圍、距離。

※**radial**【形】放射狀的；半徑的

● 例句──

The moon has a radius of approximately 1,737 kilometers.

月球的半徑大約為 1737 公里。

radioactivity 【名】放射線 Ⓜ Ⓣ

[ˌredɪoækˋtɪvətɪ]

▸ **radio** 光線 + **activity** 活動 ⇒2

● 例句──

The radioactivity leaked out of the nuclear power plant.

放射性物質自核電廠中洩漏出來。

radiotherapy 【名】放射線治療 Ⓜ

[redɪoˋθɛrəpɪ]

▸ **radio** 光線 + **therapy** 治療

● 例句──

The research shows acupuncture relieves symptoms caused by radiotherapy.

研究顯示針灸能緩解放射線治療所引起的症狀。

rect = 直的

 **字源筆記**

　　DM (direct mail) 是直接寄給個人的廣告。「主管、指導者、導演」叫 director，也就是直直地引導方向的人。

---

correct 【動】糾正；矯正【形】正確的；端正的
[kəˋrɛkt]

▶ **cor** 完全地 + **rect** 直的

correction【名】糾正；更正
corrective【形】矯正的

● 例句

Correct values as needed.
根據需要修正數值。

The doctor performed corrective surgery to restore his sight.
醫生施行矯正手術以恢復他的視力。

---

rectum 【名】直腸 Ⓜ

[`rɛktəm]

▸ **rect** 直的 + **um** 名詞化

※**rectal**【形】直腸的

● 例句──

The average length of the human rectum is about 20 cm.
人類直腸的平均長度約為 20 公分。

rectangle 【名】長方形 Ⓣ

[rɛk`tæŋgl]

▸ **rect** 直的 + **angle** 角度

※**rectangular**【形】長方形的；直角的

● 例句──

To find the area of a rectangle, multiply the length
by the width.
要求長方形面積，請將長、寬相乘。

rectilinear 【形】沿直線的

[ˌrɛktə`lɪnɪə]

▸ **rect** 直的 + **line** 線 + **ar** 形容詞化

● 例句──

The town is laid out on a rectilinear grid pattern.
這個城鎮被設計為直線網格圖案。

rectotomy 【名】直腸（肛門）切開術 Ⓜ

[rɛk`tɑtəmi]

▸ **rect** 直的 + **tom** 切 + **y** 名詞化
⇒161

● 例句──

Posterior rectotomy has been abandoned.
切除直腸末端的手術被放棄了。

ren(o) = 腎臟

!! 字源筆記

😊 能提高身體能量代謝的賀爾蒙 adrenaline 稱為「腎上腺素」,是由腎上腺髓質分泌的其中一種神經傳導物質,興奮時會被大量釋放到血液中。其字源是來自《ad 附近的 + renal 腎臟的 + ine 化學物質》。

---

renal 【形】腎臟的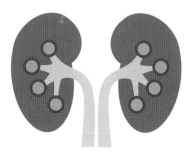

[`rinl]

▶ ren 腎臟 + al 形容詞化

renin 【名】腎激素

● 例句

There is a renal artery for each kidney.
每一個腎臟都有一條腎動脈。

Renin is an enzyme produced by specific cells in the kidneys.
腎激素是一種由腎臟中特定細胞所製造的酵素。

renogram 【名】腎臟攝影

[ˋrinəˌɡræm]

▸ **reno** 腎臟 + **gram** 寫
⇒66

● 例句 ——

A renogram is a test used to assess kidney function.

腎臟攝影是一種評估腎臟功能的測試。

---

adrenal 【形】腎上腺的 【名】腎上腺

[ædˋrinl]

▸ **ad** 附近的 + **ren** 腎臟 + **al** 形容詞化

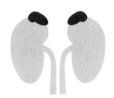

● 例句 ——

There are two adrenal glands, one on top of each kidney.

有兩個腎上腺，分別在每個腎臟的頂部。

---

adrenergic 【形】腎上腺素作用的

[ˌædrəˋnɜdʒɪk]

▸ **ad** 附近的 + **ren** 腎臟 + **erg** 行動 + **ic** ～的
⇒45

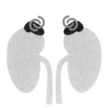

● 例句 ——

Clonidine is a type of antihypertensive agent and a type of alpha-adrenergic agonist.

「降保適錠」是一種抗高血壓製劑及一種 α 腎上腺作用劑。

---

adrenocortical 【形】腎上腺皮質的

[əˌdrinoˋkɔrtəkəl]

▸ **ad** 附近的 + **reno** 腎臟 + **cort** 皮質 +
ical 形容詞化

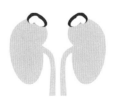

● 例句 ——

Adrenocortical cancer ACC can recur despite apparent complete resection.

即使明顯完全切除，腎上腺皮質癌（ACC）還是可能復發。

rupt = 打破、崩塌、斷裂

!! 字源筆記

☺ 「道路」或「路線」的 route 原義是「削山開墾的道路」，演化自原始印歐語 runp，有「破壞」、「崩塌」的意思。bankrupt 是「破產」，由《bank 銀行 + rupt 崩壞》而來。

erupt 【動】噴發；爆發；發疹
[ɪˋrʌpt]

▸ e 向外 + rupt 打破

eruption 【名】噴發；爆發

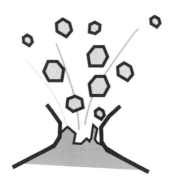

● 例句

The volcano erupts at regular intervals.
火山間隔規律地噴發。

Fixed drug eruption occurs when patients become sensitized to a particular drug or its metabolites.
當病患對特定藥物或其代謝物變得敏感時，就會發生固定性藥疹。

rupture【名】破裂 Ⓜ Ⓣ
[`rʌptʃə]
▸ **rupt** 斷裂 + **ure** 名詞化

● 例句 ——
The MRI immediately identified aortic rupture.
核磁共振立即確認主動脈破裂。

---

irrupt【動】侵入；迸發；激增
[ɪ`rʌpt]
▸ **ir** 向上 + **rupt** 打破

● 例句 ——
The island's rodent population irrupted.
這島上的齧齒類動物數量激增。

---

corrupt【動】腐敗；墮落【形】腐敗的；墮落的
[kə`rʌpt]
▸ **cor** 共同 + **rupt** 崩塌
※**corruption**【名】腐敗；墮落

● 例句 ——
Flies may become corrupted.
文件可能會損壞。

---

disrupt【動】使分裂；使中斷
[dɪs`rʌpt]
▸ **dis** 脫離 + **rupt** 崩塌
※**disruption**【名】分裂；中斷
※**disruptor**【名】破壞者；干擾物質

● 例句 ——
Climate change could disrupt the agricultural economy.
氣候變遷可能會干擾農業經濟。

sarco = 肉

「皮肉」原本指的是表面的皮跟肉，英文的 sarcasm 可用來譴責某人不了解事物的本質，其由來為希臘文 sark，指「肉」。

sarcoma【名】肉腫（瘤）

[sɑrˋkomə]

▸ **sarco** 肉 + **oma** 腫瘤

sarcoidosis【名】類肉瘤

*sarcoidosis = sarco 肉 + oid 似的 + osis 疾病症狀

● 例句

A sarcoma is a type of cancer that starts in tissues like bone or muscle.
肉腫瘤是一種始於骨頭或皮膚組織的癌症。

Sarcoidosis is a disease that causes inflammation of body tissues.
類肉瘤是一種導致身體組織發炎的疾病。

osteosarcoma 【名】骨肉瘤

[ˌɑstiosɑrˋkomə]

▸ **osteo** 骨 + **sarc** 肉 + **oma** 腫瘤

● 例句——

He was diagnosed with osteosarcoma.
他被診斷出患有骨肉瘤。

---

sarcopenia 【名】肌少症

[ˌsɑkəˋpɪnɪə]

▸ **sarco** 肉 + **penia** 減少

● 例句——

One in five over 65s suffer from sarcopenia.
65 歲以上長者中，每五人就有一人患有肌少症。

---

chondrosarcoma 【名】軟骨癌；軟骨肉瘤

[kɑndrəusɑˋkomə]

▸ **chondro** 軟骨 + **sarc** 肉 + **oma** 腫瘤

● 例句——

Nearly all chondrosarcoma patients appear to
be in good health.
幾乎所有軟骨肉瘤病患的健康狀況看起來都良好。

---

sarcoplasm 【名】肌漿；肌質

[ˋsɑrkoˌplæzm̩]

▸ **sarco** 肉 + **plasm** 形成

● 例句——

Each muscle fiber contains sarcolemma,
sarcoplasm, and sarcoplasmic reticulum.
每條肌肉纖維都包含肌膜、肌質和肌質網。

sclero, skel = 堅硬的

字源筆記

　　此字源來自表示「堅硬的」之希臘文 skleros，亦從有「乾燥」、「枯萎」之意的原始印歐語 skele 衍化過來。sclerosis 作為醫學術語是「硬化症」的意思。skeleton 是能夠被看見的內部，亦即能透視看到的「骨架」。

skeleton 【名】骨骼；骨架 Ⓜ Ⓣ
[ˋskɛlətn̩]

▸ **skeletal** 【形】骨骼的；骨架的

● 例句

Many skeletons were discovered in the cave.
在洞穴中發現了許多骸骨。

The archaeologist found skeletal remains.
考古學家發現了骨骼遺骸。

sclerosis 【名】硬化症

[ˌsklɪˋrosɪs]

▸ **scler** 堅硬的 + **osis** 症狀

● 例句 ——

I was told I had multiple sclerosis.
我被告知患有多發性硬化症。

endoskeleton 【名】內骨骼

[ˌɛndəˋskɛlətən]

▸ **endo** 內的 + **skeleton** 骨骼

※ **exoskeleton** 【名】外骨骼

● 例句 ——

Spiders have an endoskeleton in addition to their exoskeleton.
蜘蛛除了外骨骼外，還有內骨骼。

scleroderma 【名】硬皮症

[ˌsklɪrəˋdɝmə]

▸ **sclero** 堅硬的 + **derma** 皮膚
⇒ 39

● 例句 ——

Scleroderma is uncommon, striking 14 people per million worldwide.
硬皮症並不常見，全世界每百萬人中只有 14 人罹患此病。

arteriosclerosis 【名】動脈硬化症

[ɑrˋtɪrɪˌosklɪˋrosɪs]

▸ **artery** 動脈 + **scler** 堅硬的 + **osis** 症狀
⇒ 8

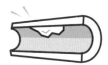

● 例句 ——

Arteriosclerosis can slow or impair blood circulation.
動脈硬化症可能會減緩或損害血液循環。

scope = 觀看、檢查

!! 字源筆記

😊 　scope 從看見的東西衍生出「調查的範圍、領域」之意。占星術 horoscope 的由來是《horo 小時 + scope 觀看》。

---

telescope 【名】望遠鏡

[ˋtɛləˌskop]

▶ **tele** 遠方 + **scope** 觀看

telescopic 【形】望遠鏡的;可伸縮的

● 例句

His hobby is looking at the stars through a telescope.
他的嗜好是透過望遠鏡看星星。

This telescopic antenna is made of ceramic.
這種伸縮天線是陶製的。

stethoscope 【名】聽診器
[ˋstɛθəˌskop]

▸ **stetho** 聽 + **scope** 檢查

● 例句 ——
The doctor placed a stethoscope on the patient's chest.
醫生將聽診器放在病患的胸口。

endoscope 【名】內視鏡
[ˋɛndəˌskop]

▸ **endo** 在內 + **scope** 觀看；檢查

● 例句 ——
The endoscope was gently inserted into the upper esophagus.
內視鏡被輕輕地插入上食道。

periscope 【名】潛望鏡
[ˋpɛrəˌskop]

▸ **peri** 周圍 + **scope** 觀看

● 例句 ——
The submarine's periscope was sticking right out of the water.
潛水艇的潛望鏡正伸出水面。

anemoscope 【名】風向儀
[əˋnɛməˌskop]

▸ **anemo** 風 + **scope** 觀看

● 例句 ——
Anemoscopes are simple nautical instruments used to orientate the navigation.
風向儀是個被用來定位航行方向的基本航海儀器。

sec, sect = 切、分割

第三部門 the third sector 是指國家或地方組織和民間共同出資設立的事業單位。sector 來自「被切割的東西」，有「部門、範圍」的意思。section 是指「分割、領域、剖面圖」，cross-sectional 則是「剖面的、橫斷式的」。sex 來自「分別的東西」，有「區分男女」、「性別」之意。

intersect 【動】與……交叉；橫斷

[͵ɪntəˋsɛkt]

▶ **inter** ～之間 + **sect** 切

intersection 【名】交叉點；十字路口

● 例句

If two lines intersect at a point, they form four angles.
如果兩條線在一點上交叉，它們會形成四個角。

To find a point of intersection of two functions, both functions must be graphed.
要找出兩個函數的交點，必須畫出兩個函數的圖形。

insect 【名】昆蟲
[ˋɪnsɛkt]

▶ **in** 在內 + **sect** 切；分割

● 例句 ──

Complete metamorphosis occurs in such insects as butterflies, moths, flies, beetles, wasps, and bees.
完全的蛻變發生在如蝴蝶、蛾、蒼蠅、甲蟲、黃蜂和蜜蜂之類的昆蟲。

segment 【名】部分；部門；線段 Ⓜ Ⓣ
[ˋsɛgmənt]

▶ **seg** 切；分割 + **ment** 名詞化

● 例句 ──

An ant's body is divided into three distinct segments.
一隻螞蟻的身體被區分為三個不同的部分。

bisect 【動】二等分
[baɪˋsɛkt]

▶ **bi** 2 + **sect** 切

● 例句 ──

If you bisect the letter V horizontally and flip the lower half up, you get the letter W.
如果你將字母 V 水平二等分並將下半部翻過來，會得出字母 W。

dissect 【動】解剖 Ⓜ Ⓣ
[dɪˋsɛkt]

▶ **dis** 脫離 + **sect** 切；分割

● 例句 ──

They dissected a frog to examine its internal organs.
他們解剖一隻青蛙以檢視其內臟器官。

seem, sem, simil = 相同、類似

😊　similar 是「類似的」，simulation 是「模擬」，即「模仿類似的樣子」。assemble 是《as 朝向 + sem 相同 + ble 重複》，由「同化」衍生出「聚集」，甚至「組合」的意思。simultaneous 是形容多種現象同時發生，simultaneous interpretation 就是「同步口譯」。傳真 fax 是 facsimile 的簡稱，原指「製作同樣的東西」。

similar 【形】相似的；類似的
[`sɪmələ]

▶ **simil** 相同 + **ar** 形容詞化

similarity 【名】相似性；相似處

● 例句

These materials are similar in composition.
這些材料的成分相似。

There are many similarities between the two documents.
這兩份文件之間有許多相似之處。

assemble 【動】組裝；集合
[əˈsɛmbl̩]

▸ **as** 朝向 + **sem** 相同 + **ble** 重複

※**assembly**【名】集會；裝配；連接

※**disassemble**【動】拆卸；分解

● 例句 ——

To assemble or disassemble, follow the procedures in Fig. 1.
要組裝或拆解，請按照圖 1 中的程序操作。

simulate 【動】模擬；假裝 ⓣ
[ˈsɪmjəˌlet]

▸ **simul** 類似 + **ate** 成為

※**simulation**【名】模仿；假裝 ⓣ

● 例句 ——

This system simulates conditions in space.
這套系統模擬太空的情況。

simultaneous 【形】同時的；同步的
[ˌsaɪmlˈtenɪəs]

▸ **simul** 相同 + **eous** 形容詞化

※**simultaneously**【副】同時地

● 例句 ——

This technique enables simultaneous
measurement of multiple frequencies.
這種技術能同時測量多重頻率。

assimilate 【動】同化；吸收；理解 Ⓜ ⓣ
[əˈsɪməlet]

▸ **as** 朝向 + **sim** 相同 + **ate** 成為

※**assimilation**【名】同化；吸收 Ⓜ ⓣ

● 例句 ——

Plants assimilate carbon dioxide during photosynthesis.
植物在進行光合作用時吸收二氧化碳。

sens = 感覺、覺得

感測器 sensor 來自《sens 感覺 + or 物》，就是「傳感元件」。consent 來自《con 全部 + sent 感覺》，有「同意、承諾」的意思，informed consent (IC) 在醫學上是指醫師向患者說明完整後才進行治療的「知情同意」。

---

sensitivity 【名】敏感；過敏

[ˌsɛnsəˋtɪvətɪ]

▶ **sense** 感覺 + **tive** 形容詞化 + **ity** 名詞化

sensitive 【形】敏感的；過敏的

● 例句

She had a sensitivity to smell while she was pregnant.
她在懷孕期間對氣味很敏感。

This product is good for sensitive skin.
這個產品適合敏感性肌膚。

---

scent 【名】香味；氣味 Ⓜ Ⓣ
[sɛnt]

● 例句 ——
Female ants release pheromones from their
scent glands.
雌蟻自其氣味腺中釋放出信息素。

---

sensory 【形】感官的；知覺的
[ˋsɛnsərɪ]

▸ **sens** 感覺 + **ory** 形容詞化
sensory test 感官測試

● 例句 ——
Capsaicin destroys sensory nerve fibers of rats.
辣椒素破壞老鼠的感官神經纖維。

---

presentiment 【名】預感
[prɪˋzɛntəmənt]

▸ **pre** 之前的 + **sent** 感覺 + **ment** 名詞化

● 例句 ——
He had a presentiment of disaster.
他有發生災難的預感。

---

hypersensitivity 【名】過敏症；過於敏感
[ˌhaɪpəˌsɛnsəˋtɪvɪtɪ]

▸ **hyper** 上；超 + **sensitivity** 敏感

● 例句 ——
Dentin hypersensitivity is among the most
frequently reported dental concerns.
牙質過於敏感是最常被報導的牙齒問題之一。

serve = 保護

 **字源筆記**

reserve 意指「保留」,用於餐廳是「預約訂位」,用於運動則是「候補選手」,字源為《re 在後 + serve 守護》。

---

conserve 【動】保育;節約;保護
[kən`sɜv]

▶ **con** 完全地 + **serve** 保護

conservation 【名】保存;節約;保護

● 例句

We need to conserve our natural resources.
我們必須保護我們的自然資源。

The Energy Conservation Law is based on Newtonian mechanics.
能量守恆定律是以牛頓力學為基礎。

reservoir 【名】水庫；蓄水池

[`rɛzəˌvɔr]

▶ re 在後 + serve 保護 + oir 名詞化

※**reserve**【名】保護區【動】預定；儲備

※**reservation**【名】預約；自然保護區

● 例句 ──

Due to the drought, the reservoir is almost bone dry.

由於乾旱，水庫幾乎乾涸了。

---

observe 【動】觀察；注意到；遵守

[əb`zɝv]

▶ ob 朝向 + serve 保護

observed data 觀測數據

※**observation**【名】觀察；遵守

● 例句 ──

I love observing the stars in the sky. 我喜歡觀察天上的星星。

---

observatory 【名】天文台；瞭望台；氣象台 ⊤

[əb`zɝvəˌtorɪ]

▶ observe 觀察 + ory 場所

● 例句 ──

The observatory has two telescopes to detect microwave and infrared light.

天文台有兩座望遠鏡用來觀測微波及紅外線。

---

preserve 【動】保護和儲存（以防止破壞）

[prɪ`zɝv]

▶ pre 之前 + serve 保護

※**preservation**【名】保存；保持

※**preservative**【形】保存的；保護的【名】防腐劑

● 例句 ──

Wildlife conservation includes all human efforts to preserve wild animals from extinction.

野生動物保護包括所有人類為保護野生動物免於滅絕所做的一切努力。

solve, solu = 解開

😊 solution 是指企業排解商務或客服上存在之問題或不便的「解決方案」，其由來是拉丁文 solvere，表示「解決」、「舒緩」的意思。high resolution 是「高解析度」，形容音質就是指 Hi-Res，亦即將原始音訊以高取樣率數位化的產物。

solve 【動】解決；解開
[sɑlv]

solution 【名】解答；溶解；解決方法

● 例句

Nobody can solve this problem.
沒有人能解決這個問題。

Find the solution by completing the square.
利用配方法以求解。

solvent 【形】有溶解力的 【名】溶劑；溶媒

[`sɑlvənt]

▸ **solve** 解開 + **ent** 形容詞化

※**soluble** 【形】可溶解的；易溶的；可解決的

※**solute** 【名】溶質

● 例句 ——

Water is an excellent solvent for most ionic compounds.

對大部分的離子化合物來說，水是個極佳的溶劑。

dissolve 【動】使溶解；解散；解除

[dɪ`zɑlv]

▸ **dis** 脫離 + **solve** 解開

※**dissolvable** 【形】可溶解的；可解散的

● 例句 ——

These chemicals dissolve fat. 這些化學物質可溶解脂肪。

resolve 【動】解決；解析；決定

[rɪ`zɑlv]

▸ **re** 再次 + **solve** 解開

※**resolution** 【名】解決；決定；解析度 Ⓜ Ⓣ

high resolution 高解析度

● 例句 ——

Water is resolved into oxygen and hydrogen.

水分解為氧與氫。

absolute 【形】絕對的；完全的

[`æbsə‚lut]

▸ **ab** 脫離 + **solute** 解開 → 完全地釋放

absolute value 絕對值 / relative value 相對值

● 例句 ——

Absolute zero is about -273 degrees on the Celsius scale.

絕對零度大約是攝氏度負 273 度。

spec, spect, spic = 看

字源筆記

特定時期才供應的中午特餐稱為 special lunch，其 special 來自拉丁文 specere，是眼中反射影像的意思。species 為生物學的「種」，來自「能夠分辨」之意。high spec 的 spec 是 specification 的簡稱，指表明性能的「規格」。spectacle 來自《spect 看 + cle 小東西》，指「珍奇的事物、光景」。spectator 來自《spect 看 + or 人》，指「觀察者、觀眾」。aspect 來自《a 朝～方向 + spect 看》，是「樣子、側面」的意思。

expect【動】期待；預期

[ɪk`spɛkt]

▶ **ex** 向外 + **spect** 看

expectation【名】期待；盼望

● 例句

Forecasters expect snow in the mountains.
預報員預期山區會下雪。

In quantum mechanics, the expectation value is the predicted mean value of the result of an experiment.
在量子力學中，期望值是一個實驗結果的預測平均值。

inspect 【動】檢查；考察

[ɪn`spɛkt]

▶ **in** 在裡面 + **spect** 看

※**inspection**【名】檢查；考察

● 例句 ——

Both countries will have the right to inspect each other's missile sites.

這兩個國家將有權利檢查彼此的導彈基地。

specimen 【名】標本；樣本 ⓣ

[`spɛsəmən]

▶ **spec** 看 + **men** 小的

● 例句 ——

I performed venipuncture to collect blood specimens from patients.

我進行了靜脈穿刺以從病患身上採集血液樣本。

specification 【名】規格；規範

[ˌspɛsəfə`keʃən]

▶ **spec** 看 + **fic** 做 + **ate** 成為 + **ion** 名詞化

⇒46~47

※**specific**【形】具體的；特定的；明確的

specific gravity〔物〕比重 **specific heat** 比熱

※**specify**【動】使明確；具體指定

● 例句 ——

My house was built to these specifications.

我的房子是按這些規範所建造的。

spectrum 【名】光譜；波譜；殘影 ⓜⓣ

[`spɛktrəm]

▶ **spec** 看 + **um** 名詞化

● 例句 ——

You can see the colors of the spectrum in a rainbow.

你可以在彩虹中看到光譜的顏色。

sphere = 球、圈

北半球 Northern Hemisphere 和南半球 Southern Hemisphere 是以赤道劃分地球南北，sphere 是「球」的意思。

atmosphere 【名】大氣；氣氛
[`ætməsˌfɪr]

▶ **atmo** 蒸氣 + **sphere** 球

atmospheric 【形】大氣的

● 例句

The spaceship reentered the atmosphere.
太空船重新進入大氣層。

High atmospheric pressure covers west Japan.
高氣壓籠罩日本西部。

hemisphere 【名】(地球的) 半球 Ⓣ

[`hɛməsˌfɪr]

▸ **hemi** 一半 + **sphere** 球

● 例句 ——

In the winter in the northern hemisphere, the sun rises in the southeast.

在北半球的冬季，太陽從東南方升起。

biosphere 【名】生物圈 Ⓜ Ⓣ

[`baɪəˌsfɪr]

▸ **bio** 生命 + **sphere** 圈
⇒10

● 例句 ——

The biosphere plays a determining role in the Earth's climate.

生物圈對地球的氣候扮演決定性的角色。

troposphere 【名】對流層

[`trɑpəˌsfɪr]

▸ **tropo** 對流 + **sphere** 圈
⇒165

● 例句 ——

The troposphere is the lowest layer of the atmosphere.

對流層是大氣層的最低層。

heliosphere 【名】太陽圈

[`hiliəsfɪə]

▸ **helio** 太陽 + **sphere** 圈

● 例句 ——

The temperature in the heliosphere can be up to a few million degrees.

太陽圈內的溫度可能高達好幾百萬度。

spire = 呼吸

Genius is 1 percent inspiration and 99 percent perspiration. 「天才是一分的靈感加上九十九分的汗水（努力）。」是發明家愛迪生的名言。spirit 來自「生命的氣息」，有「精神」的意思。

respire【動】呼吸
[rɪˋspaɪr]

▶ re 再次 + spire 呼吸

respiratory【形】呼吸的
respiration【名】呼吸

● 例句

This device is used to help patients respire more easily.
該設備被用來幫助病患更輕鬆地呼吸。

Respiratory damage in the common cold is caused by rhinovirus.
一般感冒的呼吸道損傷是鼻病毒所引起的。

aspiration 【名】呼吸；志向；願望
[ˌæspəˈreʃən]

▸ a 朝向～ + spir 呼吸 + ion 名詞化
natural aspiration engine 自然進氣引擎
※**aspirator**【名】抽氣機；吸氣機

● 例句 ——
Patients with Alzheimer's disease often die of aspiration pneumonia.
阿茲海默病患常死於吸入性肺炎。

perspire 【動】流汗 Ⓜ Ⓣ
[pəˈspaɪr]

▸ per 全部 + spire 呼吸
※**perspiration**【名】流汗；汗

● 例句 ——
I tend to perspire a lot.
我容易流很多汗。

expire 【動】斷氣；期滿；吐氣
[ɪkˈspaɪr]

▸ ex 向外 + spire 呼吸

● 例句 ——
He expired after contracting Malaria.
他在感染瘧疾後死亡。

spirometer 【名】肺活量計
[ˌspaɪˈrɑmətə]

▸ spiro 呼吸 + meter 測量
　　　　　　　⇒94

● 例句 ——
A spirometer is a diagnostic device that measures the amount of air you're able to breathe in and out.
肺活量計是一種測量你能呼出與吸入氣量的診斷器材。

sta, sti, sist = 站立 ①

原始印歐語的 sta 有「站立」的意思，從而造出許多英文單字。字面上的「站立」是 stand，火車停下的「車站」是 station。意指「距離」的 distance 來自《dis 分離 + stance 站立》。engine stall 是指引擎停止運作，即「引擎熄火」。constant 來自《con 全部 + sta 站立 + ant 形容詞化》，意思是「不變的」，作為名詞則是指「常數」。

metastasis 【名】轉移；擴散 Ⓜ

[məˋtæstəsɪs]

▸ **meta** 超過；改變 + **stasis** 站立

metastasize 【動】（癌等向身體其他部分）轉移；擴散

● 例句

Metastasis has made the tumor inoperable.
癌細胞轉移已使得腫瘤無法動手術。

The cancer metastasized to her jaw and lung.
癌細胞擴散至她的下顎及肺。

solstice 【名】〔天〕至
[`sɑlstɪs]

▶ **sol** 太陽 + **stice** 站立

● 例句 ——
In 2020, June 21 was the summer solstice
for the northern hemisphere.
在 2020 年，6 月 21 日是北半球的夏至。

substance 【名】物質
[`sʌbstəns]

▶ **sub** 在下方 + **stance** 站立
※**substantial**【形】實質的；重大的 Ⓜ Ⓣ

● 例句 ——
Carbon monoxide is a poisonous substance.
一氧化碳是有毒物質。

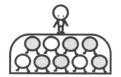

static 【形】靜止的；靜電的
[`stætɪk]

▶ **stat** 站立 + **ic** ～的

● 例句 ——
The coefficient of kinetic friction is less than the
coefficient of static friction.
動摩擦係數小於靜摩擦係數。

statistics 【名】統計數字；統計學
[stə`tɪstɪks]

▶ **statis** 站立 + **ics** 學問

● 例句 ——
The latest statistics show the disease to be
diminishing.
最新統計數字顯示這種疾病正在減少。

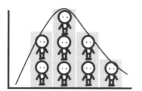

sta, sti, sist = 站立 ②

　　站在主持人旁邊幫忙的助手 assistant 是《a(s) 朝～方向 + sist 站立 + ant 人》。exist 來自《ex 向外 + ist 站立》，是「存在」的意思。instant 由「從中（旁）站立」衍生出「立即的」之意思。

stability 【名】穩定；安定
[stə`bɪlətɪ]

▸ sta 站立 + able 能夠 + ity 名詞化

stable 【形】穩定的；安定的
stabilize 【動】使穩定

● 例句

A building needs a foundation with enough stability to support its weight.
建築物需要具有足夠穩定性的地基以支撐其重量。

The patient is in a stable condition.
病患現在狀況穩定。

prostate 【名】前列腺
[ˈprɑsˌtet]

▸ **pro** 在前 + **state** 站立

● 例句 ——
The prostate gland sits below the bladder.
前列腺位於膀胱之下。

---

consistency 【名】一致；濃度；堅硬
[kənˈsɪstənsɪ]

▸ **con** 共同 + **sist** 站立 + **ency** 名詞化

● 例句 ——
These accounts show no consistency.
這些報告沒有一致性。

---

institute 【名】研究所；學院；學會【動】制定；建立
[ˈɪnstətjut]

▸ **in** 在內 + **stitute** 站立

● 例句 ——
He is a student at Massachusetts Institute
of Technology.
他是麻省理工學院的學生。

---

resistance 【名】抵抗；阻力
[rɪˈzɪstəns]

▸ **re** 在後面 + **sist** 站立 + **ance** 名詞化
※**resist**【動】抵抗

● 例句 ——
The ohm is a unit of electrical resistance.
歐姆是電阻的單位。

stin(ct) = 尖銳、刺

　　此字源之由來是原始印歐語中表示「尖的、刺」的 steig。stick 作為名詞是「棒子」，作為動詞則是「刺穿」、「黏著」的意思，「枴杖」就是 walkingstick。sticker 來自《stick 黏著 + er 物》，是「貼紙」的意思。sticky 來自《stick 黏著 + y 形容詞化》，是指「黏黏的」。steak 由「串燒起來的東西」，變成了「肉排」。

---

extinct 【形】滅絕的

[ɪk`stɪŋkt]

▶ ex 向外 + tinct 刺

extinction 【名】滅絕
extinguish 【動】熄滅

● 例句

There are several theories as to why the dinosaurs became extinct.
關於恐龍滅絕的原因有許多理論。

They believe that whales are in danger of extinction.
他們認為鯨魚有滅絕的危險。

instinct 【名】本能；直覺

[ˋɪnstɪŋkt]

▸ **in** 在上 + **stinct** 刺

※**instinctive** 【形】本能的；直覺的

● 例句 ——

Animals have a natural instinct for survival.

動物天生有求生存的本能。

distinguish 【動】區別

[dɪˋstɪŋgwɪʃ]

▸ **dis** 分離 + **sting** 刺 + **ish** 成為

● 例句 ——

The main distinguishing feature of this species is the leaf shape.

這個物種的主要區別特徵是葉子的形狀。

distinct 【形】與其他不同的；獨特的

[dɪˋstɪŋkt]

▸ **dis** 分離 + **stinct** 刺

※**distinctive** 【形】與眾不同的

● 例句 ——

African and Asian elephants are distinct species.

非洲象與亞洲象是不同的物種。

stimulate 【動】刺激；激發；促進

[ˋstɪmjəˌlet]

▸ **stim** 刺 + **ate** 成為

※**stimulus** 【名】刺激物 Ⓜ Ⓣ

● 例句 ——

The herb Echinacea seems to stimulate the body's immune system.

草本植物紫錐菊似乎能刺激身體的免疫系統。

stomat(o) = 口

stomach 從意為「喉嚨」的希臘文 stomachos 衍生出「嘴」、「胃的入口」等意,再變成現代英文中「胃」的意思。stomy 的原義是「嘴巴張開」,打造從體內連到體外開口的手術是 ostomy,即「人工造口術」。

stomach 【名】胃

[`stʌmək]

stomachache 【名】胃痛

● 例句

My stomach feels heavy.
我的胃感覺很沉。

I have a stomachache.
我胃痛。

stomatitis 【名】口腔炎

[ˌstoməˈtaɪtɪs]

▸ stomat 口 + itis 炎症

● 例句 ——

Herpetic stomatitis is a contagious viral illness caused by Herpesvirus hominis.

皰疹性口內炎是一種由人類皰疹病毒所引起的會傳染的病毒性疾病。

---

stomatoscope 【名】口腔鏡

[stoˈmætəˌskop]

▸ stomato 口 + scope 觀看
　　　　　　　　　　⇒139

● 例句 ——

A fluorescent stomatoscope is used to assess the test results.

螢光口腔鏡被用來評估測試結果。

---

enterostomy 【名】腸造口術

[ˌɛntəˈrɑstəmɪ]

▸ entero 腸 + stomy 造口術
　　　⇒71

● 例句 ——

An enterostomy may be needed when food can no longer enter the mouth or stomach normally.

當食物無法正常進入口腔或胃時，可能需要進行腸造口術。

---

gastroenterostomy 【名】胃腸吻合術

[ˈgæstrouɛntəˈrɑstəmɪ]

▸ gastro 胃 + entero 腸 + stomy 造口術
　　　⇒59　　　　⇒71

● 例句 ——

A gastroenterostomy is the surgical creation of a connection between the stomach and the jejunum.

胃腸吻合術是胃與空腸之間進行連結的外科手術。

strict, stra, stre = 拉緊、拖

字源筆記

stretch 指「伸展」，亦即伸展四肢的意思。可由伸展身軀以通過狹窄地方這樣的情況來理解 strict 是「嚴格」的意思。distress 是《dis 分離 + stre 拉緊 》，意為「苦惱」，而呈現材料可承受拉力的 stress（應力）- strain（應變）曲線也是來自相同字源。

strict 【形】嚴格的；精確的
[strɪkt]

strictly 【副】嚴格地；精確地

● 例句

Japan has very strict laws against drugs and guns.
日本有非常嚴格的法律管制毒品與槍枝。

Our products are manufactured under a strict production control.
我們的產品在嚴格的生產管控下製造。

restict 【動】限制；抑制

[rɪ`strɪkt]

▸ re 在後 + strict 拉緊

※**restriction**【名】限制；抑制

● 例句 ——
The new design can restrict transmission-belt slip.
新設計能防止輸送帶滑落。

---

constraint 【名】約束；限制

[kən`strent]

▸ con 共同 + strain 拉緊 + nt 名詞化

※**constrain**【動】約束；限制

● 例句 ——
The plate provides the required constraint force.
這塊板材提供所需要的約束力。

---

distress 【名】苦惱；災難【動】使悲痛

[dɪ`strɛs]

▸ dis 分離 + stress 拉緊

※**stress**【名】壓力；緊張

● 例句 ——
He died from acute respiratory distress syndrome.
他死於急性呼吸窘迫症候群 (ARDS)。

---

strain 【名】緊張；壓力；菌株【動】拉緊；扭傷

[stren]

● 例句 ——
A new strain of the virus was detected in the UK.
一種新菌株在英國被發現。

struct, strat = 建造、擴散、層次

　　street 是道路擴張後鋪建的「街道」。「稻草」是 straw，其原義是散落的東西，源自原始印歐語 stere，有「擴展」的意思。infrastructure 的 infra 是「下」，所以這個字的意思是支撐著底部的設施，亦即「基礎建設」。infra 和意為「低等的、劣等的」之 inferior 都是相同字源。destroy 來自《de 非 + stroy 堆積起來》，是指「破壞」，形容詞 destructive 意為「破壞性的」，名詞 destruction 則是「摧毀」。construct 是《con 共同 + struct 堆積起來》，意為「建設」，形容詞 constructive 指「建設性的」，名詞 construction 是「建設」。

industry 【名】工業；產業

[ˋɪndəstrɪ]

▸ indu 在內 + stry 建造

industrial 【形】工業的；產業的

● 例句

The city is famous for its car industry.
這個城市以其汽車工業而聞名。

An industrial robot should be different from a medical robot.
工業機器人應不同於醫療機器人。

structure 【名】結構；建築物
[ˋstrʌktʃɚ]

▸ struct 建造 + ure 名詞化

※ infrastructure 【名】基礎建設 Ⓜ Ⓣ

● 例句 ——

Tokyo Skytree is the tallest structure in Japan.
東京晴空塔是日本最高的建築物。

instrument 【名】儀器；工具；樂器
[ˋɪnstrəmənt]

▸ in 之上 + stru 建造 + ment 名詞化

● 例句 ——

Runway 20 is equipped with an instrument landing system.
第 20 條跑道配備了儀器降落系統。

stratum 【名】地層；層 Ⓣ
[ˋstretəm]

▸ strat 層次 + um 名詞化

※ stratus 【名】層雲

● 例句 ——

Hidden in the stratum was a well-preserved fossil from the Paleolithic Era.
隱藏在岩層中的是來自舊石器時代保存完好的化石。

stratosphere 【名】平流層
[ˋstrætəˌsfɪr]

▸ strato 層；擴散 + sphere 圈
⇒146

● 例句 ——

The stratosphere is the layer of the atmosphere approximately 31 miles above the surface of the Earth.
平流層是地表上方約 31 英里處的大氣層。

sume = 拿、消耗

　　源自意為「取用」的拉丁文 sumere，再由原始印歐語 em 演化而來。consume 是「消費」，consumption tax 則是「消費稅」。assume 是《a(s) 朝～方向 + sume 拿》，原意為「自己取用」，引伸指「認為、假定」。presume《pre 提前 + sume 拿》也是「假定、推測」的意思，是常見的邏輯用語。 sample 是 example 去掉字首，意指「取出來的東西」，即「樣本」。將腦力勞動者「排除」於時薪制度的是 white-collar exemption。

assume 【動】認為；推斷；假裝；擔任；假設
[ə`sjum]

▶ as 朝～方向 + sume 拿

assumption 【名】推斷；假設

● 例句

It was once assumed that asbestos was a perfect insulator.
石棉曾經被認為是完美的絕緣體。

The calculation is based on the assumption that there is no heat loss.
這個計算是以沒有熱損失為假設基礎。

consume【動】消耗；消費
[kən`sjum]
▶ con 完全地 + sume 拿
※ **consumption**【名】消耗；消費量
fuel consumption 燃料消耗

● 例句 ——
The new model consumes less fuel than the previous one.
新款機型比舊款消耗更少的燃料。

presume【動】假設；推斷
[prɪ`zum]
▶ pre 之前 + sume 拿
※ **presumption**【名】假設；前提
※ **presumably**【副】可能；大概

● 例句 ——
This material is presumed to contain harmful substances.
這種材料被推測含有害物質。

resume【動】恢復；重新開始
[rɪ`zjum]
▶ re 再次 + sume 拿
※ **resumption**【名】恢復；重新開始

● 例句 ——
The company resumed the operation of the plant.
這家公司恢復工廠的運作。

exempt【動】免除；豁免【形】免除的 Ⓜ Ⓣ
[ɪg`zɛmpt]
▶ ex 向外 + empt 拿
※ **exemption**【名】免除；免責

● 例句 ——
This district is exempt from the restriction.
此區域免除限制。

tact, tang, tin = 接觸

由來是意為「觸碰」的拉丁文 tangere。隱形眼鏡 contact lenses 是直接與眼球接觸的鏡片。tangent 來自《tang 觸碰 + ent 形容詞化》，作為形容詞是「切線的」，作為名詞是「正切」。

---

integrate 【動】整合；積分 ⓣ
[`ɪntəˌɡret]

▸ **in** 表否定 + **teg** 接觸 + **ate** 成為

integration 【名】積分 ⓣ

● 例句

The theory integrates his research findings.
這個理論整合了他的研究成果。

C is called the integration constant.
C 被稱為積分常數。

contagious 【形】傳染性的 Ⓜ Ⓣ
[kən`tedʒəs]

▸ **con** 共同 + **tag** 接觸 + **ous** 形容詞化

※**contagion**【名】接觸傳染（病）

● 例句 ——

There was a contagious disease prevalent in that village.

那個村莊裡流行一種傳染病。

integer 【名】整數；完整的事物
[`ɪntədʒə]

▸ **in** 表否定 + **teg** 接觸 + **er** 東西

● 例句 ——

An integer is a number that is not a fraction or a decimal.

整數是一個非分數或小數的數字。

integrity 【名】正直；誠實；完整 Ⓜ Ⓣ
[ɪn`tɛgrətɪ]

▸ **in** 表否定 + **teg** 接觸 + **ity** 名詞化

● 例句 ——

This test is to check the integrity of data stored in the database.

這個測試是要檢查儲存在資料庫裡的資料的完整性。

contaminate 【動】弄髒；汙染 Ⓜ Ⓣ
[kən`tæməˌnet]

▸ **con** 共同 + **tamen** 接觸 + **ate** 成為

※**contamination**【名】弄髒；汙染

● 例句 ——

The air has been contaminated by exhaust fumes.

空氣已遭廢氣所污染。

techno, tect = 製作、編織

technology 【名】技術；工藝；科技
[tɛk`nɑlədʒɪ]

▸ techno 製作 + logy 學問

technological 【形】技術的；工藝的

● 例句

This molding needs advanced technology.
這個製模需要先進的技術。

Technological developments have changed the shape of industry.
技術的發展已改變了工業的型態。

architecture 【名】建築學；建築物
[`ɑrkəˌtɛktʃə]

▸ **archi** 主要的 + **tect** 製作 + **ure** 名詞化
※**architect**【名】建築師

● 例句 ——
He is taking an architecture course.
他正在上建築學課程。

tectonics 【名】構造學；大地構造學
[tɛk`tɑnɪks]

▸ **tect** 製作 + **ics** 學問

● 例句 ——
Plate tectonics is a scientific theory that describes the large-scale motions of Earth's lithosphere.
板塊構造學是個描述地球地殼（岩石圈）大規模運動的科學理論。

electrotechnology 【名】電工學
[ɪlektrotek`nɑlədʒi]

▸ **electr** 電 + **technology** 技術
⇒ 43
● 例句 ——
The electrotechnology industry impacts on almost every aspect of daily life.
電工產業幾乎影響到日常生活的每個方面。

biotechnology 【名】生物技術；生物工程學 Ⓜ Ⓣ
[ˌbaɪotek`nɑlədʒi]

▸ **bio** 生命 + **technology** 技術
⇒ 10
● 例句 ——
Biotechnology brought about a revolution in agriculture.
生物技術帶來了農業革命。

tend, tens, tent, tain = 延伸、保持、肌腱①

😊 「踵腱」是 Achilles' tendon，tendon 的由來是拉丁文 tendere，有「伸長」的意思。「加護病房」ICU 是 intensive care unit 的簡稱。maintenance 是指建築物等的「維護」，來自《main 手 + ten 延伸 + ance 名詞化》，有「整備、管理」之意。

intense 【形】激烈的；強烈的
[ɪn`tɛns]

▸ in 在內 + tense 延伸

intensity 【名】強度
luminous intensity 發光強度
light intensity 光強度
earthquake intensity 地震強度
intensive 【形】密集的

● 例句

The heat of the desert was intense.
沙漠的熱度是非常高的。

The intensity of the hurricane was frightening.
颶風的強度令人害怕。

contain 【動】包含；容納

[kən`ten]

▾ con 共同 + tain 保持

※**container** 【名】容器

● 例句 ——

The carbonated beverage, cola, contains caffeine.

碳酸飲料可樂含有咖啡因。

content 【名】內含物；內容

[kən`tɛnt]

▸ con 共同 + tent 保持

● 例句 ——

The average alcohol content of beer is generally between 3 percent and 7 percent.

啤酒的平均酒精含量一般介於百分之 3 到 7。

tendon 【名】腱

[`tɛndən]

▸ tend 延伸 + on 名詞化

● 例句 ——

He tore his Achilles' tendon while playing soccer.

他在踢足球時拉傷了阿基里斯腱。

tenalgia 【名】肌腱痛

[`tenəlgiə]

▸ ten 肌腱 + algia 痛
⇒5

● 例句 ——

Tenalgia is the medical term for pain referred to a tendon.

肌腱痛是指肌腱疼痛的醫療術語。

tend, tens, tent, tain = 延伸、保持、肌腱②

小里脊肉 tenderloin 的字源是《tender 柔軟的 + loin 腰》，指牛或豬腰部柔軟的肉，而 tender 的字源是《tend 延伸 + er 形容詞化》，從伸長的狀態衍生出「柔軟的」之意。extension 來自《ex 向外 + tens 延伸 + ion 名詞化》，有「延長」的意思，例如「接髮」就是 hair extension。

extend 【動】延長；擴展

[ɪk`stɛnd]

▶ ex 向外 + tend 伸長

extension【名】延長；擴展
extensive【形】延長的；擴展的；廣大的

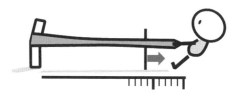

● 例句

The River Nile extends as far as Lake Victoria.
尼羅河綿延遠至維多利亞湖。

Traffic was disrupted by work on a subway extension.
交通因地鐵延伸工程而中斷了。

extent 【名】程度；幅度
[ɪk`stɛnt]

▶ ex 向外 + tent 延伸

● 例句 ——

The region is over 10,000 square kilometers in extent.
這地區幅員超過 1000 平方公里。

---

tense 【形】緊張的；焦慮的
[tɛns]

▶ 引申自「拉伸」的意思。

※**tension** 【名】緊張；張力
※**tensile** 【形】可拉伸的
tensile stress 拉應力

● 例句 ——

He tried to relax his tense muscles.
他嘗試放鬆緊繃的肌肉。

---

hypertension 【名】高血壓；過度緊張 Ⓜ
[ˌhaɪpəˈtɛnʃən]

▶ **hyper** 上；超 + **tens** 延伸 + **ion** 名詞化

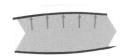

● 例句 ——

He was prescribed hypertension medicine.
醫生給他開了高血壓藥物。

---

hypotension 【名】低血壓 Ⓜ
[ˌhaɪpəˈtɛnʃən]

▶ **hypo** 低下 + **tens** 延伸 + **ion** 名詞化

● 例句 ——

Orthostatic hypotension occurs often when
you shift from lying down to standing.
從躺下的姿勢轉為站立時，常會發生體位性低血壓。

term = 限制、結束

!! 字源筆記

電影《魔鬼終結者》叫 Terminator，來自《term 結束 + ate 動詞化 + or 人》，即「終結者」的意思。「終點站」是 terminal，其由來是拉丁文的 terminus，表示之後就沒有接續、已是極限。

term【名】期間；術語；項

[tɜm]

▶ **terminal**【形】終點的；末端的【名】末端；終點

● 例句

The term outside the brackets is always positive.
括號外的項總是正的。

Terminal care is a complex and challenging task.
末期照護是個複雜且具挑戰的工作。

terminology 【名】術語；專門用語
[ˌtɝməˈnɑlədʒɪ]

▸ **term** 限制；結束 + **logy** 字；話語 → 決定用語

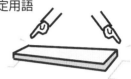

● 例句 ——
It seems that he doesn't understand scientific terminology.
他似乎不懂科學術語。

---

terminate 【動】終止
[ˈtɝməˌnet]

▸ **term** 限制；結束 + **ate** 成為

● 例句 ——
You need to terminate and restart the program.
你需要終止並重啓程序。

---

exterminate 【動】撲滅；滅絕
[ɪkˈstɝməˌnet]

▸ **ex** 向外 + **term** 限制；結束 + **ate** 成為

● 例句 ——
My job is to exterminate rats and mice.
我的工作是撲滅老鼠。

---

determine 【動】決定
[dɪˈtɝmɪn]

▸ **de** 完全地 + **term** 限制；結束 + **ine** 成為
※ **determination** 【名】決定；決心
※ **determinant** 【名】行列式

● 例句 ——
This is used to determine blood type.
這被用來確認血型。
If the determinant is zero, the matrix is singular.
如果行列式為零，則該矩陣為奇異矩陣。

thermo = 熱

thermostat 是自動溫度調節的「恆溫器」，來自《thermo 熱 + stat 停止》。thermodynamic 來自《thermo 熱 + dynamic 力學的》，意為「熱力學的」。Thermos 是指「保溫瓶」，亦是大家熟知的商標名稱「膳魔師」。另外，將兩種金屬線的尖端相觸以測量溫度的「熱電偶」是 thermocouple。

thermometer 【名】溫度計 Ⓜ Ⓣ

[θəˋmɑmətə]

▶ thermo 熱 + meter 測量
⇒94

thermal 【形】熱的

● 例句

The thermometer registered over 90℃.
溫度計顯示超過攝氏 90 度。

One device that converts thermal energy into electrical energy is called a thermocouple.
能將熱能轉換成電能的設備被稱為熱電偶。

thermotherapy 【名】溫熱療法 Ⓜ
[,θɜmoˋθɛrəpɪ]

▸ **thermo** 熱 + **therapy** 治療

● 例句 ——
Thermotherapy is used in the treatment of
enlarged prostate.
熱療被用在治療前列腺肥大。

---

geothermal 【形】地熱的
[,dʒioˋθɜml̩]

▸ **geo** 大地 + **therm** 熱 + **al** 形容詞化
⇒63

● 例句 ——
Geothermal power is one of the most reliable
renewable energy sources.
地熱能量是最可靠的可再生能源之一。

---

exothermic 【形】放熱的
[,ɛksoˋθɜmɪk]

▸ **exo** 向外 + **therm** 熱 + **ic** ～的

● 例句 ——
They use an exothermic reaction caused by
quicklime mixed with water.
他們利用生石灰混合水所引起的放熱反應。

---

endothermic 【形】吸熱的
[,ɛndoˋθɜmɪk]

▸ **endo** 向內 + **therm** 熱 + **ic** ～的

● 例句 ——
The surrounding temperature is decreased by
an endothermic reaction.
周圍的溫度因吸熱反應而下降。

tom = 切、割

原子 atom 的字源是《a 表否定 + tom 切開》，意為「不可再切割」。「原子彈」是 atomic bomb。在醫學上，tomy 和 ectomy 都有「切除」、「切開」、「摘除」的意思，例如：neurotomy 神經切斷術、hepatectomy 肝切除術、appendectomy 闌尾切除術、enterotomy 腸切開術等等。

atomic 【形】原子的

[ə`tɑmɪk]

▶ **a** 表否定 + **tom** 切 + **ic** ～的 → 不能再切割

atom 【名】原子 Ⓜ Ⓣ

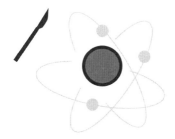

● 例句

The atomic weight of the element has been determined by analysis.
元素的原子量已經被分析確定。

Every living cell and every atom has a nucleus.
每個活細胞及每個原子都有一個核。

diatom 【名】珪（矽）藻

[ˋdaɪətəm]

▸ **dia** 通過 + **tom** 切

● 例句 ——

Blue algae, green algae and diatom are
dominant algae in this lake.
藍藻、綠藻及矽藻是這個湖中主要的藻類。

anatomy 【名】解剖學；構造 Ⓜ Ⓣ

[əˋnætəmɪ]

▸ **ana** 向上 + **tom** 切 + **y** 名詞化
※**anatomical**【形】解剖的 Ⓣ
※**anatomize**【動】解剖；分解 Ⓣ

● 例句 ——

His specialty is the anatomy of the nervous system.
他的專長是神經系統的解剖學。

entomology 【名】昆蟲學 Ⓣ

[͵ɛntəˋmɑlədʒɪ]

▸ **en** 在內 + **tom** 切 + **logy** 學問

● 例句 ——

He got a master's degree in entomology at Oxford.
他獲得牛津大學的昆蟲學碩士學位。

entomophagous 【形】食蟲的 Ⓣ

[͵ɛntəˋmɑfəgəs]

▸ **en** 在內 + **tom** 切 + **phag** 吃 + **ous** 形容詞化

● 例句 ——

Many predators are entomophagous insects.
許多捕食者是食蟲的昆蟲。

tox = 毒

detox 是「戒毒」，來自《de 脫離 + tox 毒》，有「解毒」的意思，意指排除體內毒素以「淨化身體」。tox 是拉丁文的「毒」，在希臘文中有「毒箭」的意思。四齒魨科 tetrodotoxin 的學名是 tetraodontidae《tetra 4 + odont 齒》加上 tox 的複合詞。toxin 來自《tox 毒 + in 化學物質》，有「毒素」的意思。

---

detox 【名】解毒；戒毒

[dɪ`tɑks]

▸ de 脫離 + tox 毒

detoxify 【動】解毒；治療藥物依賴 ⓣ
detoxification 【名】解毒；藥物依賴治療

● 例句

She spent a month in detox.
她戒毒一個月了。

Deep breathing exercises are a great way to detoxify the body.
深呼吸運動是個很棒的身體排毒方式。

endotoxin 【名】內毒素

[ˌɛndoˈtɑksɪn]

▶ **endo** 在內 + **tox** 毒 + **in** 物質

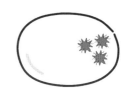

● 例句 ——

Bird droppings contain endotoxin.

鳥類排泄物含有內毒素。

---

exotoxin 【名】外毒素

[ˌɛksoˈtɑksɪn]

▶ **exo** 向外 + **tox** 毒 + **in** 物質

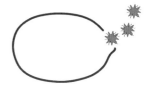

● 例句 ——

An exotoxin is a toxin secreted by bacteria.

外毒素是細菌所分泌的毒素。

---

antitoxin 【名】抗毒素 Ⓜ Ⓣ

[ˌæntɪˈtɑksɪn]

▶ **anti** 對抗 + **tox** 毒 + **in** 物質

● 例句 ——

An antitoxin is an antibody with the ability to neutralize a specific toxin.

抗毒素是一種有能力中和特定毒素的抗體。

---

biotoxin 【名】生物毒素

[ˌbaɪəˈtɑksɪn]

▶ **bio** 生命 + **tox** 毒 + **in** 物質
⇒10

● 例句 ——

People can acquire biotoxins from food, water, air, or insects such as spiders and ticks.

人們可能從食物、水、空氣或如蜘蛛及壁蝨等昆蟲中感染生物毒素。

tract = 拖、拉、引

!! 😊 **字源筆記**

　　attraction 是吸引觀眾注意的「吸引力」，來自《a(t) 朝～方向 + tract 拖拉 + ion 名詞化》。tractor 是「牽引車」，字源為《tract 拖拉 + or 物》。track 原指人或動物的「形跡、蹤跡」，引申為「小路」、「競技跑道」、「路線」等意思。trailor 是「預告片」，原意為「拖車」。

attract【動】吸引 Ⓜ Ⓣ

[əˋtrækt]

▶ **at** 朝～方向 + **tract** 拖；拉

attraction【名】吸引力；魅力 Ⓜ Ⓣ

● 例句

A bar magnet attracts nails.
磁棒能吸鐵釘。

The sea tides are caused by the attraction of the moon and the earth.
海潮是由月球和地球的吸引力所引起的。

contract 【動】收縮；感染；訂約 [kənˋtrækt]
【名】合約 [ˋkɑntrækt] Ⓜ Ⓣ

▸ **con** 共同 + **tract** 拖；拉
※ **contractile** 【形】能收縮的
※ **contraction** 【名】收縮；縮短 Ⓜ Ⓣ

● 例句 ——
Metal contracts as it becomes cool.
當變冷時金屬會收縮。

extract 【動】提煉；抽取 [ɪkˋstrækt]
【名】摘錄；取出物 [ˋɛkstrækt] Ⓜ Ⓣ

▸ **ex** 向外 + **tract** 拖；拉

● 例句 ——
The oil is extracted from the flowering
tops of the lavender plant.
這種油是從薰衣草花梢中提煉出來的。

subtract 【動】減去 Ⓜ Ⓣ
[səbˋtrækt]

▸ **sub** 在下 + **tract** 拖；拉

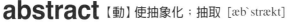

● 例句 ——
To convert the temperature into Celsius,
subtract 32, then multiply by 5 and divide by 9.
要將溫度轉換為攝氏度，請減去 32，然後乘以 5 並除以 9。

abstract 【動】使抽象化；抽取 [æbˋstrækt]
【形】抽象的；深奧的 [ˋæbstrækt]
【名】摘要；梗概 Ⓜ

▸ **ab** 從～脫離 + **tract** 拖；拉 Ⓣ

● 例句 ——
Abstract salt from seawater.
自海水中抽取出鹽分。

trophy = 營養

dystrophy 的字源是《dys 不良的 + trophy 營養》，指「筋肉中營養不良的狀態」，亦即「營養失調」。

dystrophy 【名】營養失調；營養障礙

[ˋdɪstrəfɪ]

▸ dys 不良的 + trophy 營養

atrophy 【動】(使) 萎縮；(使) 虛脫【名】萎縮

● 例句

The muscular dystrophies are genetic diseases that cause progressive weakness in muscles.
肌營養不良症是導致肌肉逐漸虛弱的遺傳疾病。

Muscles that are not used will atrophy.
沒有使用的肌肉將萎縮。

eutrophy 【名】營養正常；湖泊等的富養分性
[`jutrəfɪ]

▸ **eu** 良的 + **trophy** 營養

● 例句 ——
Eutrophy occurs in many lakes in temperate grassland.
富養分性發生在溫帶草原的許多湖泊中。

---

hypertrophy 【名】肥大【動】變肥大
[haɪˋpɜtrəfɪ]

▸ **hyper** 上；超 + **trophy** 營養

● 例句 ——
Hypertrophy is the increase in the volume
of an organ or tissue due to the enlargement
of its component cells.
肥大是指器官或組織的質量由於其組成細胞的擴大而增加。

---

hypotrophy 【名】營養不良；發育障礙；退化
[haɪˋpɔtrəfɪ]

▸ **hypo** 下；低 + **trophy** 營養

● 例句 ——
Hypotrophy is the progressive degeneration
of an organ or tissue that is brought about by loss of cells.
營養不良是由細胞喪失所導致的器官或組織漸進退化。

---

neurotrophy 【名】神經營養
[njuˋrɔtrəfɪ]

▸ **neuro** 神經 + **trophy** 營養
⇒106

● 例句 ——
Diabetic neurotrophy is a common side
effect of diabetes.
糖尿病性神經病變是個常見的糖尿病副作用。

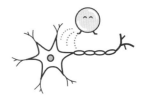

tropic = 迴轉、朝向

 **字源筆記**

tropic 是指南北回歸線之間的熱帶區域,「回歸線」是從赤道往南北 23.5 度的緯線。

---

tropic 【名】熱帶;回歸線 Ⓜ Ⓣ
[`trɑpɪk]

tropical 【形】熱帶的 Ⓜ Ⓣ

● 例句

Vegetation luxuriates in the tropics.
熱帶地區的植被茂盛。

He is raising tropical fish.
他正在養熱帶魚。

entropy【名】熵（熱力學函數）

[ˋɛntrəpɪ]

▶ **en** 在內 **+ tropy** 迴轉

● 例句 ─

The entropy of gases is much higher than the entropy of solids.

氣態中的熵比固態中的熵高出許多。

---

subtropical【形】亞熱帶的 Ⓜ Ⓣ

[sʌbˋtrɑpɪkl]

▶ **sub** 次的 **+ tropical** 熱帶的

● 例句 ─

A subtropical cyclone is a weather system that has some characteristics of a tropical and an extratropical cyclone.

一個亞熱帶氣旋是個有熱帶氣旋與溫帶氣旋特色的天氣系統。

---

heliotropic【形】向日性的

[ˌhilɪəˋtrɑpɪk]

▶ **helio** 太陽 **+ tropic** 朝向

● 例句 ─

The sunflower is a common heliotropic plant.

向日葵是一種常見的向日性植物。

---

phototropic【形】向光的；趨光的 Ⓣ

[ˋfotoˋtrɑpɪk]

▶ **photo** 光 **+ tropic** 朝向
　　⇒124

● 例句 ─

Charles Darwin discovered that the phototropic stimulus is detected at the tip of the plant.

查爾斯‧達爾文發現在植物的尖端被偵測出向光的刺激物。

uri, ure, urethra/ureter = 尿、流動

過度攝取普林體 (purine body) 而造成的痛風是尿酸 (uric acid) 值高於 7，必須特別注意。此外，purine 來自《pure 純粹的、純淨的 + ine 化學物質》，就是「普林」。

---

urine【名】尿 Ⓜ Ⓣ
[`jʊrɪn]
uric【形】尿的
urinary【形】泌尿器的；尿的

● 例句

I've had the sensation of residual urine all day.
我整天都感覺有殘尿。

Uric acid is a chemical created when the body breaks down substances called purines.
尿酸是當身體分解被稱為普林的物質時所製造出來的化學物質。

urinate 【動】排尿；小便 Ⓜ Ⓣ
[`jʊrə,net]

▸ **urin** 流出 + **ate** 成為

※**urination** 【名】排尿 Ⓜ Ⓣ

● 例句 ——

Symptoms of BPH include increased urinary frequency and an urgent desire to urinate at night.

前列腺肥大 (BPH) 的症狀包括頻尿和夜間尿急。

ureter 【名】輸尿管
[jʊ`ritɚ]

▸ **ure** 尿 + **er** 東西

● 例句 ——

A large stone in the right ureter is obstructing the right kidney.

右側尿管中有一大塊結石阻塞了右側的腎臟。

urolith 【名】尿結石
[`jʊrəlɪθ]

▸ **uro** 尿 + **lith** 石
⇒ 84

※**ureterolith** 【名】輸尿管結石

● 例句 ——

The presence of uroliths was detected by rectal examination.

經由直腸檢查發現有尿結石。

urethritis 【名】尿道炎
[,jʊrɪ`θraɪtɪs]

▸ **urethra** 尿道 + **itis** 炎症

● 例句 ——

The bacteria that commonly cause urethritis in men can cause serious problems in women.

常導致男性尿道炎的細菌也可能會在女性身上造成嚴重問題。

val = 價值

available【形】可利用的 ⓜⓣ

[ə`veləbl]

▸ **a** 朝；向 + **vail** 價值 + **able** 能夠的

availability【名】可用性；實用性 ⓜⓣ

● 例句

Not enough data is available to scientists.
沒有足夠的數據可供科學家利用。

Whether he has the operation depends upon the availability of the donor organ.
他是否要動手術視捐贈器官的可用性而定。

evaluate 【動】評估；評價 Ⓜ Ⓣ
[ɪˋvæljuˌet]

▶ **e** 向外 + **val** 價值 + **ate** 成為
※**evaluation**【名】評估 Ⓜ Ⓣ
※**value**【名】價值 Ⓜ Ⓣ

● 例句 ——
The new drug is being evaluated in clinical trials.
這種新藥正在進行臨床試驗之評估。

---

prevalent 【形】普遍的；流行的 Ⓜ Ⓣ
[ˋprɛvələnt]

▶ **pre** 之前 + **val** 價值 + **ent** 形容詞化
※**prevail**【動】普及；流行 Ⓜ Ⓣ

● 例句 ——
Colds are prevalent this winter.
今年冬季感冒很普遍。

---

bivalent 【形】二（原子）價的 (=divalent)
[ˌbaɪˋvelənt]

▶ **bi** 2 + **val** 價值 + **ent** 形容詞化

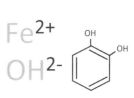

● 例句 ——
M represents a bivalent metal ion.
M 代表二價金屬離子。

---

covalent 【形】共有原子價的；共價的
[koˋvelənt]

▶ **co** 共同 + **val** 價值 + **ent** 形容詞化

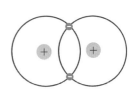

● 例句 ——
In covalent bonding, atoms share electrons.
在共價鍵結中，原子共享電子。

vari = 改變

英文的 variety shop 指「生活雜貨商店」，variety 是「多樣的」，vary 是「變化」、「差異」的意思。variance 作為統計術語是表示「分散」，variant 也可指病毒的「變異株」。

variant 【名】變體；變數 【形】不同的 Ⓜ Ⓣ
[`vɛrɪənt]

▶ **vari** 改變 + **ant** 形容詞化

● 例句

A new coronavirus variant has been detected in that country.
那個國家發現了一種新冠病毒的變異株。

The number of variants does not affect the processing speed.
變數的數量不影響處理的速度。

vary 【動】改變；變化；變異 Ⓜ Ⓣ
[ˋvɛrɪ]

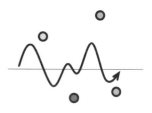

● 例句 ——
The saturation temperature varies with the pressure.
飽和溫度隨著壓力而改變。

---

variance 【名】變動；方差；變異數 Ⓣ
[ˋvɛrɪəns]

▸ **vari** 改變 + **ance** 名詞化

● 例句 ——
In statistics, variance is the variability from the average.
在統計學中，方差是平均值的變異性。

---

variation 【名】變化；差異 Ⓜ Ⓣ
[ˌvɛrɪˋeʃən]

▸ **vari** 改變 + **ate** 成為 + **ion** 名詞化

● 例句 ——
The higher the variation coefficient, the greater the dispersion.
變異係數越高，色散就越大。

---

variety 【名】多樣性；變化；差異 Ⓜ Ⓣ
[vəˋraɪətɪ]

▸ **vari** 改變 + **ety** 名詞化

● 例句 ——
Coral reefs are a rich environment where a wide variety of creatures live.
珊瑚礁是一個豐富的環境，生活著各種各樣的生物。

vect, veh = 運送、攜帶

搬運物品或乘客的「交通工具」是 vehicle，來自拉丁文 vehere 有「搬運」的意思。不只用於陸上搬運，例如太空站補給機 HTV (H-II Transfer Vehicle) 是為國際太空站 (ISS) 搬運物資和器材的無人補給太空船。重力加速度的公式是 v = 9.8t，其中 v 是指「速度」，即 velocity。

vector 【名】向量；媒介 Ⓣ

[ˋvɛktə]

▶ vect 運送 + or 東西

● 例句

Mosquitoes are feared as vectors of malaria.
蚊子被當作瘧疾的傳播媒介而令人恐懼。

Velocity is a vector quantity.
速度是一種向量。

vehicle【名】車輛；媒介；手段 Ⓜ Ⓣ
[ˋviɪkl]
▸ **vehi** 運送 + **cle** 小的

● 例句 ——
Adenoviruses are efficient vehicles for gene delivery in vitro and in vivo.
腺病毒是體外和體內基因轉移的高效載體。

---

convex【形】凸的；凸面的【名】凸面 Ⓣ
[ˋkɑnvɛks]
▸ **con** 共同 + **vex** 運送
※〔反義〕**concave**【形】凹的；凹面的【名】凹面 Ⓣ

● 例句 ——
Convex slopes are generally more hazardous than uniform or concave slopes.
凸坡（滑走坡）一般是比等坡或凹坡更危險。

---

convection【名】對流 Ⓜ Ⓣ
[kənˋvɛkʃən]
▸ **con** 共同 + **vect** 運送 + **ion** 名詞化
※**convect**【動】熱對流

● 例句 ——
By air convection, heat radiation is vastly improved.
藉著空氣對流，熱輻射大大地改善。

---

velocity【名】速度 Ⓜ Ⓣ
[vəˋlɑsətɪ]
▸ **veloc** 運送 + **ity** 名詞化

● 例句 ——
The wind is blowing at a velocity of 30 meters per second.
風以每秒 30 公尺的速度吹動。

ven(a), ves, vas = 容器、血管

字源筆記

「花瓶」的 vase 在拉丁文中是「容器」的意思，vessel 是「小小的容器」，blood vessel 則是「血管」的意思。

---

vein 【名】靜脈 Ⓜ Ⓣ

[ven]

▶ 源自拉丁語 **vena**，是「血管」的意思。

venous 【形】靜脈的

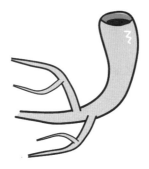

● 例句

In the circulatory system, veins are blood vessels that carry blood toward the heart.
在循環系統中，靜脈是攜帶血液回心臟的血管。

He suffered from a venous thrombosis.
他患有靜脈血栓。

intravenous 【形】靜脈內的
[ˌɪntrəˈvinəs]

▸ **intra** 之內 + **ven** 靜脈 + **ous** 形容詞化

● 例句 ——

I had an intravenous drip in hospital.
我在醫院做了靜脈滴注。

venule 【名】小靜脈
[ˋvɛnjul]

▸ **ven** 靜脈 + **ule** 小的

● 例句 ——

Venules are a type of blood vessel that connects capillaries to veins.
小靜脈是一種連結微血管至靜脈的血管。

venation 【名】脈絡；紋理；葉脈
[viˋneʃən]

▸ **vena** 靜脈 + **tion** 名詞化

● 例句 ——

There are four types of leaf venation.
有四種葉脈紋理。

vascular 【形】導管的；血管的 Ⓜ Ⓣ
[ˋvæskjələ]

▸ **vas** 導管 + **cul** 小的 + **ar** 形容詞化

● 例句 ——

The vascular system is a network of blood vessels; arteries, veins and capillaries, that carry blood to organs around the body.
血管系統是個血液網絡；動脈、靜脈及微血管，可將血液送至全身各處的器官。

vers, vert = 轉動、旋轉

　　宇宙 universe 的字源是《uni 1 + verse 旋轉》，原指以一個東西作為中心旋轉。universe 的形容詞 universal 意為「全世界的、普遍的」，例如 universal gravity 是「萬有引力」，而 universal design 是適用於大多數人的「通用設計」。diversity 來自《di 分離 + vers 旋轉 + ity 名詞化》，意為「多樣性」。reversible 來自《re 再次 + vers 旋轉 + sible 能夠》，是指「可逆的」。versatility 來自《vers 旋轉 + il 能夠 + ity 名詞化》，意思是「多用途性、多功能性」。

---

vertical 【形】垂直的；縱的 Ⓜ Ⓣ

[ˋvɝtɪk!]

▶ **vert** 旋轉 + **ical** 形容詞化

vertical axis 縱軸

horizontal 【形】水平的 Ⓜ Ⓣ

● 例句

The motion of the earthquake last night was vertical.
昨晚地震的震動是垂直的。

The left main bronchus is more horizontal than the right.
左側主支氣管比右側的更為水平。

convert 【動】轉換 Ⓜ Ⓣ

[kənˋvɝt]

▸ **con** 共同 + **vert** 旋轉

※**conversion** 【名】變換；改變 Ⓜ Ⓣ

torque converter 變矩器

● 例句 ——

Liquid converts into gas when heated.

液體被加熱時會轉換為氣體。

---

inverse 【形】逆的；相反的 【名】逆；相反；倒數 Ⓜ Ⓣ

[ɪnˋvɝs]

▸ **in** 在內 + **verse** 旋轉

● 例句 ——

Find the inverse function of y = 2x+5.

找出 y = 2x+5 的反函數。

---

vertex 【名】頂點；山頂

[ˋvɝtɛks]

● 例句 ——

Auriga is the eastern vertex of the constellation's pentagon.

御夫座是五角星群的東邊頂點。

---

vertebrate 【形】有脊椎的 【名】脊椎動物 Ⓣ

[ˋvɝtəˌbret]

▸ 源自於彎曲關節的意思。

※**invertebrate** 【形】無脊椎的 【名】無脊椎動物 Ⓣ

● 例句 ——

Mosquitoes will feed on any vertebrate blood.

蚊子會以任何脊椎動物的血液為食。

via, vey = 道路

!! 字源筆記

😃 「標準差」用 σ 或 SD 來標示，SD 是 standard deviation 的縮寫，由「變異數」variance 開根號即可得標準差。via 表示「道路」，deviation 是「偏離道路」的意思。輸送帶 conveyor 的 convey 是從「搬運」物品衍生出「傳達」情報 之類的意思。

deviate 【動】偏離；脫軌 Ⓜ Ⓣ

[ˋdivɪˌet]

▸ de 脫離 + vi 道路 + ate 成為

deviation 【名】偏離；脫軌 Ⓜ Ⓣ

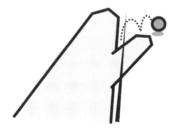

● 例句

The actual dimension was deviated from the design value.
實際的尺寸偏離了設計值。

The standard deviation is a measure of the amount of variation of a set of data.
標準差是測量一組數值的變化程度。

via 【介】通過；經由
[`vaɪə]

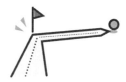

● 例句 ——
All relevant information is available via the Internet.
所有相關資訊都可經由網路取得。

---

previous 【形】先前的 Ⓜ Ⓣ
[`priviəs]

▶ **pre** 之前 + **vi** 道路 + **ous** 形容詞化
※ **previously** 【副】先前地 Ⓜ Ⓣ

● 例句 ——
The pressure is lower than the previous stage.
壓力比前一個階段低。

---

obvious 【形】明顯的 Ⓜ Ⓣ
[`ɑbvɪəs]

▶ **ob** 向；對 + **vi** 道路 + **ous** 形容詞化
※ **obviously** 【副】明顯地 Ⓜ Ⓣ

● 例句 ——
The system had an obvious defect.
這個系統有明顯的瑕疵。

---

convey 【動】傳達；傳送 Ⓜ Ⓣ
[kən`ve]

▶ **con** 共同 + **vey** 道路

● 例句 ——
Heat is conveyed from the heat source.
熱能自熱源傳送出來。

vide = 劃分、區分

dividers 為「兩腳規」，字源《di 分離 + vide 劃分 + er 東西》是指「劃分東西的工具」。細胞的「再分裂」是 subdivision，來自《sub 進一步 + divide 劃分》。individual 是《in 非 + divid 劃分 + ual 形容詞化》，原意為「不能再劃分」，演變為「個人的、個體的、個別的」。分配給股東的「股息」和數學的「被除數」則是 dividend。

divide 【動】切割；除 Ⓜ Ⓣ

[dəˋvaɪd]

▶ di 分離 + vide 劃分

division 【名】分割；除（法）；（企業）部門 Ⓜ Ⓣ

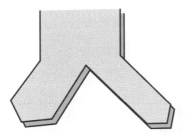

● 例句

Cancer cells divide rapidly.
癌細胞快速分裂（複製）。

A quotient is the result of division.
商數是除法的結果。

device 【名】器材；設備 Ⓜ Ⓣ
[dɪˋvaɪs]

▸ **de** 分離 + **vice** 劃分 →
按需求被劃分的東西。

● 例句——
An antenna is a device for sending or
receiving radio signals.
天線是用於傳送或接收無線電信號的器材。

devise 【動】設計；想出；發明 Ⓜ Ⓣ
[dɪˋvaɪz]

▸ **de** 分離 + **vise** 劃分 → 按需求來劃分。

● 例句——
We must devise methods for recycling
waste products.
我們必須想出回收廢料的方法。

divisor 【名】除數；(公) 因數
[dəˋvaɪzɚ]

▸ **di** 分離 + **vise** 劃分 + **or** 東西

● 例句——
What is the greatest common divisor of 45 and 72?
45 和 72 的最大公因數是什麼？

subdivide 【動】細分；再分 Ⓜ Ⓣ
[sʌbdɪˋvaɪd]

▸ **sub** 進一步 + **divide** 劃分
※**subdivision** 【名】細分；再分

● 例句——
The cells subdivided.
細胞再分裂。

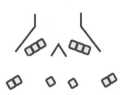

vis, vid, vey = 觀看、看見

😊 visual 是「視覺的」，意即「眼能看見的」。view 是「看、視野、看事物的視角」，也就是「看法」。supervisor 來自《super 從上方 + vis 觀看 + or 人》，有「管理者」的意思。revise 是「校正」而 revision 則是「修訂」、「改正」。survey 來自「從上方粗略地檢視」，即「調查、概述」之意。意為「證據」的 evidence 來自《e 明顯在外的 + vid 看見 + ence 名詞化》，指「明白地看清楚」現象或事實等，也有「形跡、徵兆」的意思。

evidence【名】證據；跡象 Ⓜ Ⓣ

[ˋɛvədəns]

▶ **e** 明顯在外的 + **vid** 看見 + **ence** 名詞化

evident【形】明顯的；清楚的 Ⓜ Ⓣ
evidently【副】明顯地；清楚地 Ⓜ Ⓣ

● 例句

There is no scientific evidence to support those theories.
沒有科學證據支持這些理論。

It is evident that the pandemic has changed our lives.
很明顯的疫情已改變了我們的生活。

provide 【動】提供；規定 Ⓜ Ⓣ
[prə`vaɪd]

▸ **pro** 提前 + **vide** 看見
※**provision**【名】供給；糧食 Ⓜ Ⓣ
※**provisional**【形】暫定的；臨時的 Ⓜ Ⓣ

● 例句 ——
The study provided the team with a solution.
這項研究為團隊提供了一個解決方案。

visible 【形】可見的；明顯的 Ⓜ Ⓣ
[`vɪzəbl]

▸ **vis** 看見 + **ible** 能夠
※**visibility**【名】能見度；明顯性 Ⓜ Ⓣ

● 例句 ——
The monitor is readily visible to the driver.
這個螢幕對駕駛來說是一目了然。

viewpoint 【名】視角；觀點；見解 Ⓜ Ⓣ
[`vju͵pɔɪnt]

▸ **view** 觀看 + **point** 點
※**view**【名】意見；風景；視野 Ⓜ Ⓣ
side view 側視圖 / **front view** 正視圖

● 例句 ——
From his viewpoint, it was a success.
從他的觀點來看，這是成功的。

survey 【名】調查（報告）[`savel]【動】調查 [sə`vel] Ⓜ Ⓣ
▸ **sur** 從上方 + **vey** 看見

● 例句 ——
The company conducted a survey of employees'
attitudes toward safety.
這家公司就員工對於安全的態度進行了調查。

volu, volut = 旋轉

evolve【動】進化 Ⓜ Ⓣ
[ɪˋvɑlv]

▶ e 向外 + volve 旋轉

evolution【名】進化 Ⓜ Ⓣ

● 例句

Many scientists now believe that birds evolved from dinosaurs.
許多科學家現在相信鳥類是從恐龍進化而來。

The process of biological evolution has taken billions of years.
生物進化的過程已經歷數十億年。

volume 【名】卷；體積；容量 Ⓜ Ⓣ
[`vɑljəm]

▶ 卷軸 → 書 → 書的尺寸 → 量

● 例句 ——
The volume of a cuboid is length times width times height.
長方體的體積是長乘寬乘高。

valve 【名】閥門；瓣膜 Ⓜ
[vælv]

▶ 源自拉丁語的折疊門。

● 例句 ——
The mitral valve is between the left ventricle and left atrium.
二尖瓣膜是位於左心室與左心房之間。

revolve 【動】公轉；旋轉 Ⓜ Ⓣ
[rɪ`vɑlv]

▶ **re** 在後 ＋ **volve** 旋轉
※**revolution**【名】革命

● 例句 ——
The earth revolves around the sun.
地球繞著太陽公轉。

involve 【動】涉及；包括；連累；需要 Ⓜ Ⓣ
[ɪn`vɑlv]

▶ **in** 在內 ＋ **volve** 旋轉

● 例句 ——
An accurate analysis will involve intensive tests.
一個準確的分析將會涉及密集的測試。

evaluation...367
evaporation...019
evidence...380
evident...380
evidently...380
evolution...382
evolve...382
excavate...019
excrete...099
excretion...099
exempt...341
exemption...341
exocrine...099
exoskeleton...309
exothermic...353
exotoxin...357
expand...018
expect...322
expectation...322
experiment...018
expire...327
expose...291
exposure...291
express...295
expression...295
extend...348
extension...348
extensive...348
extent...349
exterminate...351
extinct...332
extinction...332
extinguish...332
extracellular...073
extract...359

(F)
factor...126
fertile...131
fertility...131
fertilization...131
fertilize...131
fiber...133
fibroblast...133
fibrous...133
filter...132
filtration...132
finite...135
flame...137

flame reaction...137
flood...139
fluctuate...138
fluctuation...138
fluid...139
fluid dynamics...139
fluorescent...140
fluoride...141
fluorite...141
fluorocarbon...141
forceps...063
form...142
formula...143
formulate...143
fraction...145
fracture...144
fragile...145
fragment...145
fragmentation...145
frigid...147
front view...381
frost...146
frostbite...147
fuel consumption...341
fuel efficiency...127

(G)
galactic...182
galactose...183
galaxy...182
gas emissions...228
gastric...150
gastritis...151
gastroenteritis...175
gastroenterostmy...335
gastroptosis...151
gastroscope...151
gastrotomy...151
gene...152
general...156
generalize...156
generalized...156
generate...154
generation...154
generator...154
genesis...153
genetic...152
genetics...152
geochemistry...159

geographical...158
geography...158
geological...159
geology...159
geometric...159
geometry...159
geophysics...159
geothermal...353
germicide...084
glucosamine...161
glucose...161
glycogen...160
glycogenesis...160
glycolipid...161
glycosuria...161
gradually...163
graph...164
graphic...164

(H)
heat transfer...129
heliosphere...325
heliotropic...363
hemialgia...026
hemicrania...026
hemisphere...325
hemophilia...276
hemophiliac...276
hemorrhage...166
hemorrhoid...167
hemorrhoidectmy...167
hemostasis...167
hemostat...167
hepatic...168
hepatitis...168
hepatocellular...169
hepatocirrhosis...169
hepatocyte...169
hepatoma...169
heptagon...030
herbicide...085
heterocyst...019
heterogeneous...157
heterozygous...019
hexagon...029
hexapod...030
high resolution...321
histogram...165
homeotherapy...019

homogeneous...157
homozygous...019
horizontal...374
hornet...079
horticulture...091
hydrate...171
hydration...171
hydraulic...170
hydrocarbon...069
hydrocephaly...067
hydroelectric...171
hydrogen...171
hydrolysis...187
hydrophilic...277
hydrophobic...279
hyperactivity...019
hyperalgesia...043
hyperbola...057
hypercalcemia...059
hyperkinesia...181
hyperopia...253
hyperpnea...287
hypersensitivity...317
hypersonic...019
hypertension...349
hypertrophy...361
hypoalgesia...043
hypoallergenic...123
hypocalcemia...059
hypodermic...020
hypokinesis...181
hypopepsia...273
hypotension...349
hypothesis...020
hypotrophy...361
hypoxemia...263

(I)
immediate...224
immediately...224
immense...219
immensity...219
immune...172
immune system...172
immunity...172
immunization...173
immunology...173
immunotherapy...173
impedance...268

國家圖書館出版品預行編目(CIP)資料

玩轉字首字根：理科英文單字這樣記好簡單! / 清水建二, す
ずきひろし作；馬芸譯. -- 初版. -- 臺北市：波斯納出版有限
公司, 2022.09
　　　面：　公分
　　譯自：語源とイラストで覚える理系英単語BOOK
　　ISBN: 978-626-96356-0-3（平裝）

　　1.CST: 英語　2.CST: 詞彙

805.12　　　　　　　　　　　　　　　　　111011024

玩轉字首字根：
理科英文單字這樣記好簡單！

作　　者 / 清水建二、すずきひろし
譯　　者 / 馬　芸
執行編輯 / 朱曉瑩

出　　版 / 波斯納出版有限公司
地　　址 / 台北市 100 館前路 26 號 6 樓
電　　話 / (02) 2314-2525
傳　　真 / (02) 2312-3535
客服專線 / (02) 2314-3535
客服信箱 / btservice@betamedia.com.tw
郵撥帳號 / 19493777
帳戶名稱 / 波斯納出版有限公司

總 經 銷 / 時報文化出版企業股份有限公司
地　　址 / 桃園市龜山區萬壽路二段 351 號
電　　話 / (02) 2306-6842

出版日期 / 2022 年 9 月初版一刷
定　　價 / 450 元
Ｉ Ｓ Ｂ Ｎ / 978-626-96356-0-3

GOGEN TO ILLUST DE OBOERU RIKEI EITANGO BOOK
© KENJI SHIMIZU 2021　　© HIROSHI SUZUKI 2021
Originally published in Japan in 2021 by BERET PUBLISHING CO., LTD., TOKYO.
Chinese complex character translation rights ©2022 by Posner Publishing Co., Ltd.
 translation rights arranged with BERET PUBLISHING CO., LTD., TOKYO,
through TOHAN CORPORATION, TOKYO and KEIO CULTURAL ENTERPRISE
CO., LTD., NEW TAIPEI CITY.

貝塔網址：www.betamedia.com.tw

喚醒你的英文語感！

Get a Feel for English !

喚醒你的英文語感！

Get a Feel for English !